KB198781

지금 이 순간, 사랑하는 이와
반드시 함께해야 할

버킷리스트 45

지금 이 순간, 사랑하는 이와
반드시 함께해야 할

버킷리스트 45

서랍의날씨

목차

BUCKET LIST 45

01 발이 부르트게 돌아다녀 둘만의 아지트 카페 찾기 ♥

02 새벽 해돋이 아름다운 바다에서 새해 첫 키스하기 ♥

03 우울한 날 하루 종일 같이 있기 ♥

04 자투리 시간마다 꽃구경 가기 ♥

05 깊은 가을 밤 로맨틱 영화 보기 ♥

06 책, 영화, 심리학을 섭렵하며 최선을 다해 사랑하는 법 배우기 ♥

07 고전영화처럼 창 밖에서 구애 퍼포먼스하기 ♥

08 세계에서 가장 무서운 놀이기구 타며 사랑 확인하기 ♥

09 관심 자격증을 목표로 도서관 데이트하기 ♥

10 패러글라이더 타고 하늘에 사랑 신고식하기 ♥

11 그 사람의 생일날, 부모님에게 감사의 선물 보내기 ♥

12 그를 위한 한여름 밤 콘서트 열기 ♥

13 깊은 슬픔에 빠진 그의 발 씻겨 주기 ♥

14 그 사람이 좋아하는 가수의 콘서트 가기 ♥

15 스킨스쿠버 즐기며 둘만의 바닷속 여행하기 ♥

16 유명한 면 요리 전문점을 찾아 떠나는 면식 여행 ♥

17 외적 매력을 꾸준히 가꾸기 ♥

18 어느 일요일, 아침 영화를 보고 브런치 먹기 ♥

19 눈부시게 푸른 산의 정상 함께 밟기 ♥

20 헌책방 순례하며 의미 있는 해에 출간된 책 찾기 ♥

21 와인 하나씩 알아 가며 딱 맞는 와인 찾기 ♥

22 특이한 스타일이나 콘셉트의 맛집 찾기 ♥

23 예쁜 액자에 넣어 사진 선물하기 ♥

24 이룰 수 없는 별을 보지 말고, 있는 그대로 받아들이기 ♥

25 완행열차 타고 우리나라에서 가장 높은 역 찾아가기 ♥

26 둘이 같이할 운동 찾아 건강 지키기 ♥

27 빼어난 산사의 단풍 구경 가기 ♥

28 땅끝 마을 바닷가에서 사랑을 소리 높여 외치기 ♥

29 템플 스테이를 통해 마음 공부하기 ♥

30 어린 시절 좋아하던 장난감 선물하기 ♥

31 그 사람이 좋아하는 게임이나 취미 무조건 배우기 ♥

32 서로 화분을 선물하고 정성스럽게 돌보기 ♥

33 딱 한 번 내 분수에 넘치는 선물 사주기 ♥

34 낙엽 지는 공원 벤치에서 좋아하는 책 읽어 주기 ♥

35 둘이 인류를 위해 할 수 있는 작은 일 찾아 실천하기 ♥

36 악기를 배워 '10월의 어느 멋진 날에' 연주하기 ♥

37 그 사람에게 필요한 정보 대신 찾아 정리해 주기 ♥

38 말쑥하게 정장 차려입고 음악회 가기 ♥

39 밸런타인데이, 사랑을 위해 노력하겠다는 손 편지 쓰기 ♥

LOVE IS

사랑은 눈과 눈을 통해 마음을 얻는다.
눈과 눈은 마음의 척후병이라서
마음이 무엇을 얻으려 하는가를 샅샅이 염탐한다.
이렇듯 서로 하나가 될 때,
두 눈과 마음이 한 덩어리가 될 때,
두 눈이 본 것을 마음이 좋게 여기므로
여기서 온전한 사랑이 태어난다.
오로지 마음이 움직이는 데서만
태어나거나 시작될 뿐,
사랑은 다른 데서는 태어나지도 시작되지도 않는다.
그러면 눈은 꽃을 피우고,
가슴은 꽃을 성숙하게 하는데,
이 성숙한 열매에서 여무는 씨앗을
우리는 '사랑'이라고 한다.

_ 귀로 드 보르네유

01 발이 부르트게 돌아다녀 둘만의 아지트 카페 찾기

아지트는 아주 비밀스러운 공간이다.
자연스럽게 다른 사람의 눈을 피하고 귀를 막을 수 있는 곳 말이다.
그래서 연인에게 아지트를 마련한다는 것은 그 무엇보다도 의미 있는 일이다.
둘만의 시간을 가장 편안하게 가질 수 있는 곳을 마련하는 것이기에 쉽게 선택해서는 안 된다.
발이 부르트게 돌아다녀 최고의 공간을 마련해야 하지 않겠는가.
이렇게 그와 함께 애써 만든 공간이라면,
특별한 약속 없이 혼자 커피 한 잔 마시고 가도 절대 외롭지 않을 것이다.
이른 시간이라도, 늦은 시간이라도, 오랜 시간 자리를 차지해도
가족같이 맞아 주는 주인이 있다면 더 바랄 것이 없다.

카페café

프랑스에서는 커피를 '카페café'라고 한다. 이것이 '커피를 파는 집'으로 변했다. 19세기 이후 파리에서는 수많은 카페들이 생겨나 작가, 예술가, 정치인 등이 모여 토론을 벌이는 사교의 장소가 되었다. 카페 '레 되 마고'는 에밀 졸라, 오스카 와일드 같은 문인들과 실존주의 철학자들이 자주 찾았던 곳으로 유명하다. 20세기 초 파리의 지성인들에게 사랑을 받았던 카페 '드 플뢰르'는 철학자 샤르트르와 그의 연인인 시몬 드 보부아르가 자주 만나던 곳으로 이름을 알렸다.

우리 둘은

우리 둘이는 서로 손을 맞잡고
어디서나
마음속 깊이 서로를 믿는다.
아늑한 나무 아래, 어두운 하늘 아래
모든 지붕 아래 난롯가에서,
태양이 내리쬐는 빈 거리에서,
사람들의 막막한 눈동자 속에서,
현명한 사람이나
어리석은 사람 곁에서라도,
어린 아이들이나
어른들 틈에서라도,
사랑은
아무것도 감추지 않는다.
우리들은 확실한 증거이다.
사랑하는 사람들은
마음속 깊이 서로를 믿는다.

_ 엘뤼아르

02 새벽 해돋이가 아름다운 바다에서 새해 첫 키스하기

특별한 날이라면 무조건 특별한 사람과 같이 있고 싶기 마련이다.

새해 첫날이라면 특별한 날 중에서도 단연 첫째 손가락으로 꼽을 수 있는 날이다.

그리고 지금 나에게 대통령보다 더 특별한 사람은 사랑하는 그 사람이다.

새해 첫날 해돋이를 같이 보아야 할 이유이다.
또 새해 첫날은 속 깊은 여러 의미가 있다.
첫째 날이라는 상큼함이 우리를 유쾌하게 하고,
세상이 다시 시작한다는 상징성으로 새로운 마음을 갖게 하고,
어제까지의 일을 모두 헌것으로 만드는 마법의 시계를 선물한다.
자, 우리의 만남을 다시 상큼한 시간으로 되돌리자.
혹시 지금 힘들고 괴로운 시간을 보내고 있다면 다시 시작하자.
그리고 마법의 시계 앞에서 태양처럼 강렬한 새해 첫 입맞춤을 나누자.

해돋이Sunrise

해돋이는 그 강렬한 인상 때문에 많은 예술가들에게 창작의 영감을 주었다. 영국의 자연주의 화가 윌리엄 터너는 해가 떠오르는 순간의 긴장감을 극적으로 표현한 그림을 그렸고, 우리가 잘 아는 클로드 모네 또한 해돋이 순간의 강렬한 인상을 독특한 그의 필치로 화폭에 담았다.

클로드 모네 〈인상, 해돋이〉

지금 이 순간

그대에 대한 나의 사랑을
글로는 이루 다 표현할 길이 없다네.
적절한 낱말과 구절을
찾을 길이 없네.

나는 분별력을 잃어버렸네.
그대를 만난 이후로는
그저 모든 것이 행복에 겹다네.

사랑하기 때문에 그대를 원하는지,
아니면 그대를 원하기에 사랑하는지
알 길이 없네.

다만 내가 알고 있는 것은
그대와 같이 있기를 좋아하고,
그대 생각을 하면 행복해진다는 것뿐이네.

지금 이 순간 내 사랑은

그대와 함께 있네.

_ 맥윌리엄스

03 우울한 날 하루 종일 같이 있기

누구에게나 우울한 날이 있다.
무엇을 해도 흥이 나지 않고, 일이 뜻대로 되지 않는 날이다.
하루종일 하늘은 어둡고, 땅은 무거운 기운을 내뿜는다.
이럴 때 그에게 전화라도 한다면,
아마 퉁명한 목소리로 받고 시큰둥하게 대답할 것이다.
마음은 그게 아닐 텐데 영 빗나가기만 한다.
얼마 후 그에게 다시 전화를 해 본다.
이제는 조금 짜증을 내기도 한다.
이유가 뭐냐고?
모른다!
현명한 사람이라면 이제 눈치 채야 한다.
오늘은 어떤 소통도 되지 않는 날이다.
물론 이유 없이 투정을 부리는 그가 이해되지 않지만,

오늘은 아주 이상한 날이라고 생각하자.
그가 얼마나 사랑스럽고 듬직한 사람인지 누구보다 잘 알고 있지 않은가.
가장 위대한 사랑 고백은 곁에 있어 주는 것이다.
오늘은 그를 찾아가 아무 말 없이 같이 있어 주자.
그냥 묻지도 따지지도 않고 조용히!

차가운 바람이
그대에게 불어온다면

저 너머 초원에서, 저 너머 초원에서
차가운 바람이 그대에게 불어온다면
바람 부는 쪽을 내 외투로 막아
그대 감싸리라, 그대 감싸리라.
불행의 신산한 풍파가
그대에게 몰아치면, 그대에게 몰아치면
내 가슴이 안식처 되어
모든 괴로움을 함께하리, 모든 괴로움을 함께하리.

어둡고 황량한, 어둡고 황량한
거칠고 거친 황야에 있어도
그대 함께 있다면, 그대 함께 있다면
사막도 나에겐 낙원이리라.
내가 세상의 군주가 되어
그대와 함께 다스리면, 그대와 함께 다스리면
내 왕관에서 가장 빛날 보석은
나의 왕비이리라, 나의 왕비이리라

_ 번즈

04 자투리 시간마다 꽃구경 가기

사람들은 봄에 피는 꽃을 우리 인생에 비유하곤 한다.
'아무도 막아 주지 않는 겨울 찬바람을 꿋꿋이 이겨 내고, 바위처럼 딱딱하게 언 땅을 여린 싹으로 뚫고 올라오더니, 어느새 세상에서 제일 예쁜 꽃을 피웠네!' 노래한다.
우리네 사연 많은 인생과 닮았다고 입을 모은다.
우리의 삶도 머지않아 아름답게 피어나리라는 부푼 기대를 한다.
가만히 보니 봄꽃은 인생만 닮은 것이 아니다.
사랑하는 사람과 함께 가야 할 길과도 많이 닮았다.
가끔은 겨울바람이 불 것이고,
가끔은 얼음처럼 차가운 시련을 겪어야 할지 모른다.
그러나 곧 아름답게 피어날 사랑꽃을 기대하시라!
지금은 축제의 시간이다.
꽃이 지기 전에 봄의 아름다움을,
사랑의 향기로움을 맘껏 누려야 할 시간이다.

봄꽃 Vernal Flowers

봄에는 아주 많은 꽃들이 피어난다. 산과 들은 물론이고 담벼락에도 꽃들이 살며시 얼굴을 든다. 그야말로 온 천지가 꽃으로 뒤덮인다. 그런데도 꽃을 본 기억이 없다면 마음을 두지 않았기 때문이다. '내가 너의 이름을 불러 주었을 때 너는 나에게 와 꽃이 된다.'

애너벨 리

아주아주 먼 옛날
바닷가 어느 왕국에
여러분이 아실지도 모를 한 소녀,
애너벨 리가 살고 있었습니다.
나만을 사랑하고 내 사랑을 받는 일 말고는
다른 생각이 없었습니다.
나는 아이였고 그녀도 아이였으나,
바닷가 이 왕국 안에서
우리는 사랑 중에 사랑을 했습니다.

나와 나의 애너벨 리는
날개 달린 하늘의 천사조차
샘낼 만큼 사랑하였습니다.
분명 그것이 이유였으니,
오랜 옛날 바닷가 이 왕국에
구름으로부터 바람이 불어와
내 아름다운 애너벨 리를 싸늘하게 만들었고,
그녀의 고귀한 친척들이 몰려와
내게서 그녀를 앗아가
바닷가 이 왕국 안에 자리한
무덤 속에 가두고 말았습니다.

천국에서 절반의 행복도 못 가진 천사들이
우리를 시샘한 것이었습니다.
맞아요! 그것이 이유였습니다.
바닷가 이 왕국에선 모두가 알듯이
밤사이 바람이 구름에서 불어와
나의 애너벨 리를 싸늘하게 죽인 것입니다.
하지만 우리의 사랑은
우리보다 나이 많은 사람들의 사랑보다,
우리보다 현명한 사람들의 사랑보다 훨씬 강해졌습니다.
하늘의 천사들도
바다 밑에 웅크린 악마들도
아름다운 애너벨 리의 영혼에서

내 영혼을 갈라놓을 수는 없었습니다.
아름다운 애너벨 리의 꿈을 꾸지 않으면
달빛이 비치지 않았습니다.
아름다운 애너벨 리의 빛나는 눈을 보지 않으면
별도 뜨지 않았습니다.
나는 밤새도록 내 사랑, 내 사랑
나의 생명이자 나의 신부 옆에 누워만 있습니다.
바닷가 그 무덤,
물결치는 바닷가 그녀의 무덤 곁에.

_포

05 깊은 가을 밤 로맨틱 영화 보기

가을이 깊어지면 사람들은 센티멘탈해진다.
거리에 뒹구는 낙엽,
쓸쓸하게 불어오는 바람,
안개가 끼기 시작하는 새벽…….
이럴 때는 로맨틱한 영화가 최고다.
마침 우리의 마음을 족집게처럼 읽은 듯
극장마다 아름다운 영화들을 줄지어 개봉한다.
그 사람과 함께 심야극장을 찾아보는 건 어떨까.
사람들은 밤이 길을수록 감정이 고조되는데,
더구나 지금은 가을이 아닌가.
깊은 가을 밤,
그와 아름다운 영화를 보고 나서
오랫동안 이런저런 이야기를 나누며 새벽을 맞는다.

조금은 졸린 상태로
도시의 빌딩들 너머 시시각각 변하는
새벽빛을 바라보는 기분은 경험해 본 사람만 알 것이다.

그대가 있다는 이유만으로도

그대가 있다는 이유만으로도
내 눈에 비친 세상은
더없이 눈부십니다.

그대와 함께
이 세상에서 살아가는 나는
살아 있다는 것만으로도 행복에 겨워
눈물을 흘립니다.

세상이 무너져 버린다 해도
그대가 있다는 이유만으로 나는
더 없이 행복할 것입니다.

그대는 이 세상에 존재하는
또 다른 나의 세상.
그대의 마음속은
내가 다시 태어나고 싶은 세계입니다.

그대가 존재하는 이유는

내가 살아가야 할 이유입니다.

그대와 함께 이 세상을 살아가는 이유는

영원히 내가 그대를 사랑해야 할 이유입니다.

_ 제프란

06 책, 영화, 심리학을 섭렵하며 최선을 다해 사랑하는 법 배우기

사랑은 어렵다.

오죽하면 남자는 화성에서 오고,

여자는 금성에서 온 인류라는 말이 있겠는가.

그만큼 남자와 여자는 다르다는 말이기도 하다.
어떻게 다르고, 얼마나 다를까.
생각만으로 그 깊이와 차이를 알기란 불가능하다.
여자는 남자가, 남자는 여자가 되어 본 적이 한 번도 없지 않은가.
다시 한 번 명심하자. 사랑은 어렵다.
그렇지 않으면 수많은 사람들이 그토록 가슴 시린 이별을 겪었겠는가.
사랑도 공부를 해야 한다.
그것도 최선을 다해 노력하는 열공을 해야 한다.
그래야 아주 조금이라도 내가 사랑하는 사람을 이해할 수 있고,
제대로 사랑을 나눌 수 있다.
이별을 직감한 후에,
사랑이 끝난 후에 깊은 후회를 하지 않으려면
사랑이 가장 아름다울 때 노력해야 한다.

사랑싸움Love Quarrel

남녀의 차이를 기억하자. 서로 다를 수밖에 없다는 사실을 인식하지 못한다면 남자와 여자는 서로 충돌하게 된다. 이성으로 인해 화가 나거나 실망하는 것은 대개의 경우 이 중요한 진리를 망각했기 때문이다. 우리는 상대방 이성이 우리 자신과 비슷해지기를 기대한다. 또 그들이 '우리가 원하는 것을 원하고 우리가 느끼는 대로 느끼기'를 바란다.

우리는 상대가 만일 우리를 사랑한다면 그들이 마땅히 이러이러하게-자신이 누군가를 사랑할 때 행동하고 반응하는 것과 똑같은 방식으로-행동하리라는 그릇된 믿음을 갖고 있다. 이러한 태도를 견지하는 한 우리는 실망을 거듭하게 되고, 서로의 차이점에 애정을 갖고 이야기해 볼 수 있는 시간을 가질 수 없게 된다.

_〈화성에서 온 남자, 금성에서 온 여자〉 중에서

한순간만이라도

단 한순간만이라도
당신과 내가
서로 뒤바뀌었으면 좋겠어요.
그래야 당신이 알게 되겠지요.
내가 당신을
얼마나 사랑하고 있는지.

_ 포프헤

07 고전영화처럼 창밖에서 구애 퍼포먼스하기

그를 집까지 바래다주고
담 밑에서 아쉬운 이별을 나누어 보지 않는다면
어떻게 연애를 한다고 할 수 있을까.
늦은 밤이나 이른 새벽,
갑자기 보고 싶어 무작정
그의 집으로 달려가서 남몰래 불러 본 적이 없다면,
이 또한 지독한 사랑이라 할 수 없을 것이다.
많은 영화에서 등장하는 창밖의 구애 퍼포먼스는
닭살이 돋을지언정 절대 외면할 수 없는 장면이다.
아니, 두고두고 가슴 설레는 명장면으로 기억된다.
우리는 꿈꾼다.
누군가 나의 창밖에서 아름다운 세레나데를 불러 주기를…….
용기를 내자.
지금 이 순간이 아니면 영원히 기회가 오지 않을지 모른다.

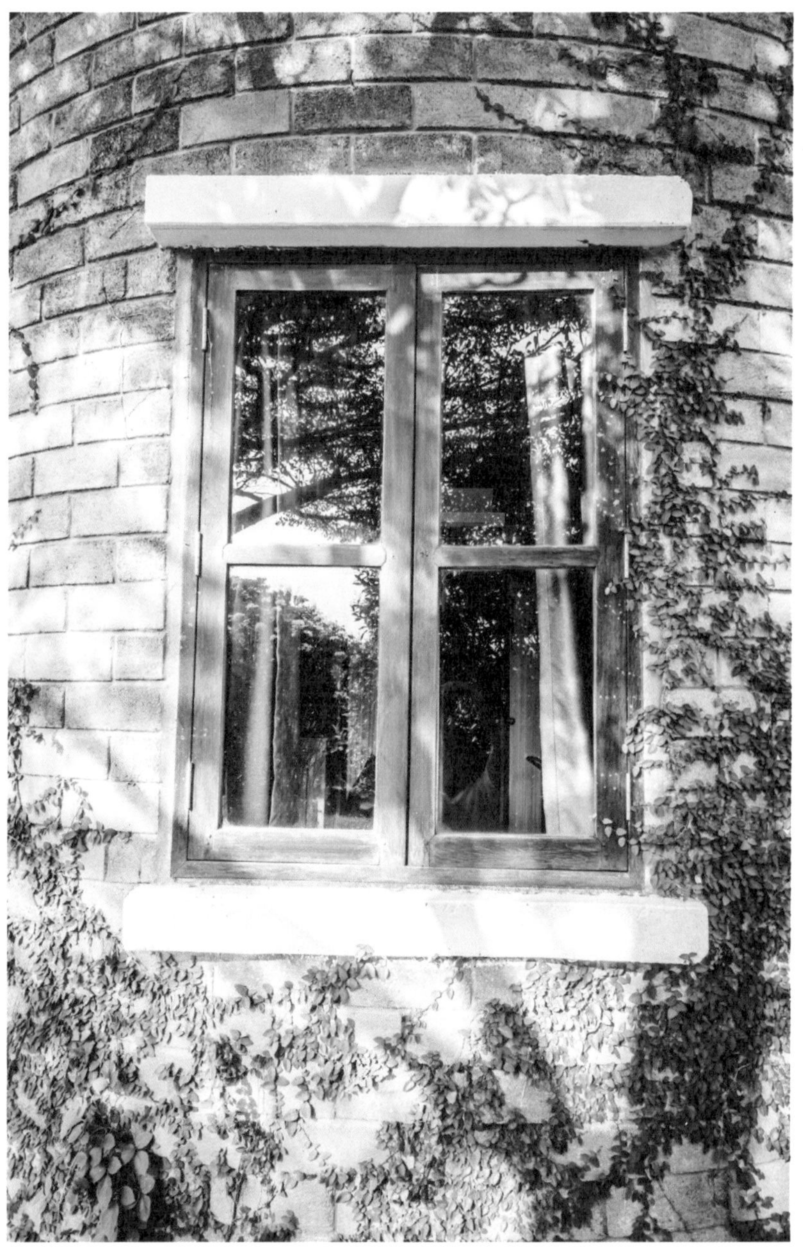

사랑이 언제 우리를 기다려 준 적이 있던가.
시간이 언제 우리 편이 되어 준 적이 있는가.
사랑이든 시간이든 스스로 만드는 자가 얻을 수 있다.
인생에서 두고두고 기억될 우리들만의 명화를 찍어 보자.

세레나데Serenade

세레나데는 '저녁 음악'이라는 뜻이다. 라틴어 '늦은'이라는 뜻을 가진 '세루스Serus'에서 유래되었다고 한다. 특히 연인의 집 창가에서 부르거나 연주하던 낭만적인 사랑의 노래를 지칭한다. 18세기에 크게 유행하던 세레나데는 교향곡에 밀려 사라져 갔지만, 사랑을 시작하는 모든 연인들에게는 영원한 로망으로 남아 있다.

하늘의 옷감

금빛 은빛 무늬든
하늘의 수놓은 옷감이,
밤과 낮과 어스름의
푸르고 흐릿하고 검은 옷감이 내게 있다면,
그대의 발밑에 깔아드리겠거늘,
내 가난하여 오직 꿈만 지닌지라
그대 발밑에 내 꿈 깔았으니
사뿐히 걸으소서, 그대 밟는 것이 곧 내 꿈일지니.

_ 예이츠

08 세계에서 가장 무서운 놀이기구 타며 사랑 확인하기

세계에서 가장 무서운 놀이기구를 타겠다는
마음이 도대체 언제 생길까.
사랑하는 사람과 있을 때다.
그 높은 번지 점프대에 내 발로 오를 마음이 도대체 언제
생길까.
바로 사랑하는 사람이 옆에 있을 때다.
아마도 그때가 아니라면 평생 동안 한 번도 작심하기
어려운 일이다.
천 년에 한 번 지구에 나타난다는 혜성이 왔다면
주저 없이 망원경을 들고 밤하늘을 올려다볼 것이다.
지금 여러분에게도 평생에 한 번 번지 점프에 매달릴
기회가 왔다.
사랑이 찾아온 것이다.
어서 사랑 하나만 잡고 그 높은 곳에 오르자.
그리고 소리 높여 사랑을 외치자.

귀인오류Attributional Error

심리학 용어 중에는 '귀인오류'라는 말이 있다. 어떤 결과에 대한 원인을 한참 잘못 짚는 사람들의 심리를 뜻한다. 캄캄한 숲길을 걷는다든지, 높은 롤러코스터를 탈 때면 누구나 심장이 두근거린다. 이때 이성이 나타나면 그를 좋아한다고 느끼게 된다는 것이다. 그럼 사랑은 착각일까? 하지만 착각이라도 사랑의 시작에 불과하니 겁먹지 말자. 롤러코스터에서 내려오면 진짜 사랑이 시작될 것이다.

감사

기도할 수 있어 감사한다.
내 옆에 있는 너와 함께
배울 수 있어 감사한다.
고맙고도 고마운 나의 사랑,
너는 나의 삶을 계속 흔든다.
내가 지쳐 있을 때
나를 어떻게 미소 짓게 할지
너는 알고 있다.
이 순간과 즐거움에 감사한다.
내 삶에 네가 들어온 것에 대해…….

_ 켈리클라손

09 관심 자격증을 목표로 도서관 데이트하기

연애를 하면 자신만의 온전한 시간을 빼앗기게 된다고 사람들은 생각한다.
그래서 중요한 일을 앞둔 사람들은 연애는 시간이 많이 생겼을 때 하겠다고 말하곤 한다.
엄밀히 말해 우리가 살고 있는 현대 사회에서 충분한 시간을 가진 청춘은 없다.
생존을 위한 필사의 경쟁을 하고 있는 우리에게 충분한 시간이란 사치처럼 된 지 오래다.
그 사이 우리의 청춘은 지고 만다.
사랑은 청춘의 특권이다.
아니, 청춘만이 누릴 수 있는 사랑이 따로 있고 중년이 누리는 사랑이 따로 있다.
청춘의 사랑을 잃어버린다 해도 아무도 보상해 주지 않는다.
1초도 낭비할 수 없는 청춘이라면 도서관에서 열공 데이

트에 빠져 보자.

그의 숨결을 아주 가까이에서 느끼면서 말이다.

오래된 책 냄새와 그의 책장 넘기는 소리까지 모두 감미롭기만 할 것이다.

부딪혀라

고통을 피하지 마라.
겪어 내야 하는 고통 앞에서
당신은 많은 것을 배우리라.
산고로 인해 생명의 탄생이 더욱 값지며
이별의 아픔으로 인해 만남의 기쁨이 더욱 커지리라.
행복이란 겪어 낸 어려움을 통해서만
그 크기를 가늠할 수 있으며,
고난과 갈등이 클수록 사랑 또한 깊어지리라.
그러니 아무리 힘들다 해도
누군가의 사랑을 피하지 마라.
아직 오지 않은 이별이 두려워 미리 물러서지 마라.
사랑 속에서 자신을 훌륭하게 발전시켜 가라.

_ 드노프

10 패러글라이더 타고 하늘에 사랑 신고식하기

인간으로 태어나 신체적·물리적 한계를 초월해
하늘을 나는 일을 꿈꾸지 않은 자가 있을까.
아무도 없을 것이다.
절대 자유를 의미하고, 모든 지상의 굴레를 벗어던지는
일이기 때문이다.
아마 어떤 이는 날마다 꿈꾸고,
어떤 이는 힘들 일을 겪을 때마다 유일하게 꾸는 꿈일지
도 모른다.
두 사람이 서로 만나기 전까지 무려 수십 년 동안이나
중력의 힘을 거역하지 않은 것은 축복이다.
그 덕분에 둘은 운명적으로 만나 오늘의 사랑을 결실로
보게 되었으니까.
이제 서로에게 아주 큰 축하의 선물을 준비해 보자.
하늘을 나는 것이다.

하늘을 향해 당당히 선언하라.

내가 사랑하는 사람과 하늘을 날았노라고!

하늘을 나는 방법 How To Fly

하늘을 나는 방법에는 여러 가지가 있다.
물론 비행기를 타면 간단하게 해결된다.
하지만 동력을 이용하는 것은
거대한 쇳덩이에 몸을 실어야 하기 때문에
하늘의 시원한 공기를 접할 수 없다.
동력을 이용하지 않고 하늘을 나는 방법은 의외로 많다.

행글라이딩

경비행기

스카이다이빙

열기구

그대 없이는
밤이면 내 베게는
비석처럼 덧없이 나를 바라봅니다.
홀로 남는 밤이,
그대 머리카락에 싸여 있지 않는 밤이
이처럼 마음 아릴 줄 미처 몰랐습니다.

적막한 집에 홀로 누워 등불을 끄고
그대 손을 잡으려 가만히 두 팔 뻗으며
뜨거운 입술 살며시
그대 입술에 대고 지치도록 키스합니다.
그러다 문득 눈을 뜨면
주위는 여전히 차가운 밤이고,
유리창 너머 별빛이 반짝입니다.
아, 그대 금발은 어디로 갔습니까?
달콤한 그 입술은 어디 있습니까?

이제 온갖 기쁨이 슬픔 되고
포도주 잔마다 독이 고입니다.
홀로 남는 것,
홀로 당신 없이 지내는 밤이
이다지 아릴 줄은 미처 몰랐습니다.

_ 헤세

11 그 사람의 생일날, 부모님에게 감사의 선물 보내기

그 사람의 생일이 머지않았다.
특별해야 한다.
선물도 특별한 것을 골라야 하고,
생일 파티도 특별한 곳에서 해야 한다.
그를 위해 무엇을 사주고 무엇을 해줄까만 생각하다 일주일이 지난다.
어지간한 것들은 모두 남들이 해버려서 식상하기만 하다.
사랑하는 사람만 온종일 생각하는 이들이 지구에 넘쳐나니,
그도 그럴 만하지 않겠는가.
이제 그의 주변을 둘러보자.
그는 어느 날 갑자기 별나라에서 떨어진 존재가 아니다.
무수한 관계에 둘러싸여 있을 것이다.
부모님, 형제, 친척, 선생님, 친구, 직장 동료 등등.

그에게는 어느 누구도 소중하지 않은 사람이 없다.
그중에서도 가장 소중한 분들은 부모님이다.
그를 낳아 주신 분들이니 다른 말이 필요 없다.
진심으로 고마운 마음을 담은 선물을 준비한다면,
그보다 아름다운 생일 선물도 없을 것이다.

금혼식Golden Wedding

서양에서는 결혼한 지 5년째가 되면 이를 기념하기 위해 나무로 된 선물을 주고받는다. 15년이 되면 동으로 된 선물을, 25년이 되면 은으로 된 선물을 주고받는다. 그래서 결혼 25주년을 기념하며 '은혼식'이라고 한다. 50년이 되면 '금혼식'을 올리고, 이때는 금으로 된 선물을 한다. 이게 끝이 아니다. 60년을 함께한 부부는 다이아몬드를 주고받는다. 모든 이의 사랑이 다이아몬드 사랑이 되기를!

생일

내 마음은
나뭇가지에 둥지를 짓고 노래하는 새와 같다.
내 마음은
가지가 휠 듯 열매 달린 사과나무와 같다.
내 마음은
잔잔한 바닷가의 보랏빛 조개와 같다.
내 마음이
그보다 더 설렘은 그이가 오기 때문이다.
날 위해 명주와 솜털의 단을 세우고
그 단에 모피와 자주색 옷을 걸쳐 다오.
거기에다 비둘기와 석류,
백 개의 눈을 가진 공작을 조각하고
금빛 은빛 포도송이와
잎과 백합화를 수놓아 다오.
내 생애의 생일날이 있고
내 사랑하는 이가 내게 왔으니.

_ 로제티

12 그를 위한 한여름 밤 콘서트 열기

한여름 밤은 길다.
아주 길다.
물론 물리적 시간으로 치면 겨울밤이 훨씬 길지만
심리적으로 그렇다는 말이다.
이유는 무더위 때문이다.
갈수록 우리나라의 여름밤이
동남아시아 지역의 아열대성 기후와 비슷해지고 있다고
한다.
그렇다고 더위에 기세가 꺾일 우리의 사랑도 아니지 않은가.
또 반경 1미터도 안 되는 에어컨 앞에만 눌어붙어 있을
청춘도 아니지 않은가.
바람이 부는 곳으로 가자.
울긋불긋 놀이터도 좋고,
별빛 내려오는 옥상도 좋고,

물소리 시원한 강이면 더 좋고.

그를 위한 레퍼토리를 준비하는 센스는 기본,

노래방에서 미리 연습해 보는 매너도 기본이다.

이제 노래가 시작된다.

발라드, 랩, 록, 소울 등 모든 노래는 감정을 불러일으킨다.

깊은 사랑의 마음도 당연이다!

기타Guitar

수메르인의 유물에서도, 그리스 로마의 유물에서도, 이집트의 유물에서도 기타와 비슷한 악기를 치는 사람들이 발견된다. 아마도 기타는 인류에게 가장 오랫동안 사랑받은 악기일 것이다. 대개 여섯 개의 줄과 울림통이 있는 현악기를 기타라고 한다. 기타는 19세기 에스파냐의 프란시스코 타레가의 아름다운 연주에 의해 새롭게 탄생한다. 이후 안드레스 세고비아에 의해 현대 음악의 총아로 등장하게 된다. 가장 친숙한 소리를 내지만 가장 아름다운 악기, 기타의 매력에 푹 빠져 보자.

노래의 날개

노래의 날개 위에 우리 올라타고
함께 가요, 사랑하는 사람이여.
갠지스 강 그 기슭 푸른 풀밭에
우리 둘이 갈 만한 곳이 있어요.
환한 달이 동산에 고요히 떠오를 때,
빨갛게 활짝 피는 아름다운 꽃동산,
잔잔한 호수에 미소 짓는 연꽃들은
아름다운 그대를 기다리고 있어요.
꽃들은 서로서로 미소를 머금고
하늘의 별을 향해 소곤거리며,
장미는 서로서로 넝쿨을 겨루어
달콤한 밀어 속삭이며 뺨을 부빈답니다.
깡충깡충 뛰어나와 귀를 쫑긋거리는
귀여운 염소의 평화로운 모습이 있고,
맑은 시냇물이 노래하는 소리
멀리멀리 울려 퍼지는 곳.
그 아름다운 꽃동산 종려나무 그늘에

사랑하는 그대와 함께 누워
사랑의 온갖 즐거움 서로 나누면서
아름다운 꿈꾸며 살아가기로 해요.

_ 하이네

13 깊은 슬픔에 빠진 그의 발 씻겨 주기

신은 사람에게 감당할 수 있을 만큼 슬픔을 주신다고 한다.
하지만 갑자기 들이닥친 불행을 미처 준비하지 못한 사람들은 예방 주사를 맞지 않은 아이처럼
한동안 깊은 아픔과 슬픔을 안고 지내야 한다.
사랑하는 사람에게 예상치 못한 힘든 일들이 일어난다면
당황하게 될 것이다.
뾰족하게 난관을 극복해 나갈 방법이 없다면,
이 아픔을 통해 그에게 면역이 생길 때까지 기다릴 수밖에 없다.
이때 그의 몸과 마음을 따뜻하게 어루만져 줄 수 있는
방법이 세족욕이다.
대야에 따뜻한 물을 담아 무릎을 꿇고 허리를 숙여 그의 발을 닦아 주는 것이다.
당신의 애정과 신뢰를 그에게 최대한으로 표현할 수 있는
방법이다.

발을 따뜻하게 하는 것은 상징적 의미뿐만 아니라 신체적으로도 큰 효과를 준다.
온몸을 이완시켜 긴장감을 풀어 주고 머리를 맑게 한다.
사랑하는 이의 섬김을 받은 그는 더 큰 사람이 되어 슬픔을 이겨낼 것이다.

그러면 내가 맥없이 있을 때

그러면 내가 맥없이 있을 때 그대는 울겠다는 것이냐?
사랑하는 사람이여, 그 말을 다시 한 번 들려 다오.
그러나 말하기가 슬프면 말하지 말라.
나는 결코 네 마음을 슬프게 하고 싶지 않다.
내 마음은 슬프고 희망은 사라졌다.
가슴에 흐르는 피는 싸늘하게 바뀌었다.
내가 이 세상을 떠나 버린다면 너만이
내가 잠든 곳에 서서 한숨을 쉬어 주리라.
그러나 나는 괴로움의 구름 사이를 누비며
한 줄기 평안의 빛이 나듯이 느껴진다.
그러면 슬픔은 잠시 사라지게 되나니,
그대 마음이 날 위해 탄식함을 알기 때문이다.
사랑하는 이여, 네 눈에 축복이 있으라.
울 수조차 없는 사람을 위해 그것은 부어진다.
좀처럼 눈물을 모르는 사람에게는
그런 눈물방울이 가슴에 한껏 스미게 된다.
사랑하는 이여, 네 마음도 지난날에 따뜻했고
느낌도 네 마음처럼 부드러웠다.

하지만 아름다움도 나를 진정케 못하고
한숨짓기 위해서만 창조된 가련한 사나이다.
그런데도 내가 맥없이 있을 때 너는 눈물을 흘려 주겠다
는 것이냐?
사랑하는 이여, 그 말을 다시 한 번 들려 다오.
하지만 말하기가 슬프면 말하지 말라.
나는 결코 네 마음을 슬프게 하고 싶지 않다.

_ 바이런

14 그 사람이 좋아하는 가수의 콘서트 가기

두 사람이 만나 사랑의 꽃을 피운 것은 아주 기적에 가까운 일이다.
수십 년을 다른 집에서 다른 가족과 다른 음식을 먹으며
자란 두 사람의 마음이 통했다는 것은
망망대해에서 고래가 한 번 숨을 쉬기 위해
물 위로 고개를 내민 순간을 본 것과 같은 확률일 테니까.

이제부터는 너무나 확연히 다른
서로의 취향을 조금씩 희석시켜 나가는 일이 남았다.

어느 쪽이든 진작 음식 취향은 양보해 주었을 것이다.
만나면 한 번은 먹어야 하는데,
그때마다 옥신각신하는 것은 너무 소모적이니까.
문제는 '사람' 취향이다.
노래도 못하고 인물도 그다지 좋지 않은 가수의 열혈팬이

라는 점은 영 내키지가 않는다.

그래도 무조건 인정하라.

그것은 평생을 시도해도 이해하기 어려운 일이다.

50년을 산 노부부도 어떤 친구는 만나지 말라고 잔소리 한다.

그렇다면 무조건 그 가수의 콘서트 티켓을 사서 그 사람을 즐겁게 해주자.

덩달아 나도 기분이 좋아질 것이다.

음유 시인Troubadour

고대에도 자신이 직접 글을 쓰고 음을 만들어 부르던 음유 시인이 있었지만, 본격적으로 연애시를 노래로 부르던 사람들이 등장한 시기는 중세 이후이다. 제후들이 사는 성을 찾아다니며 영원한 사랑을 노래하던 그들은 시인이자 직업 가수였다. 그런 의미로 사랑에 빠져 우리만의 노래를 부르는 현대인들은 모두 음유 시인이다.

내가 그대를 사랑하는지

내가 그대를 사랑하는지
나도 모른다.
단 한 번 그대 얼굴을 보기만 해도,
단 한 번 그대 눈동자를 보기만 해도,
내 마음의 괴로움은 흔적 없이 사라져 버린다.
얼마나 즐거워하는지 오직 하느님만 알 뿐,
내가 그대를 사랑하는지
나도 모른다.

_ 괴테

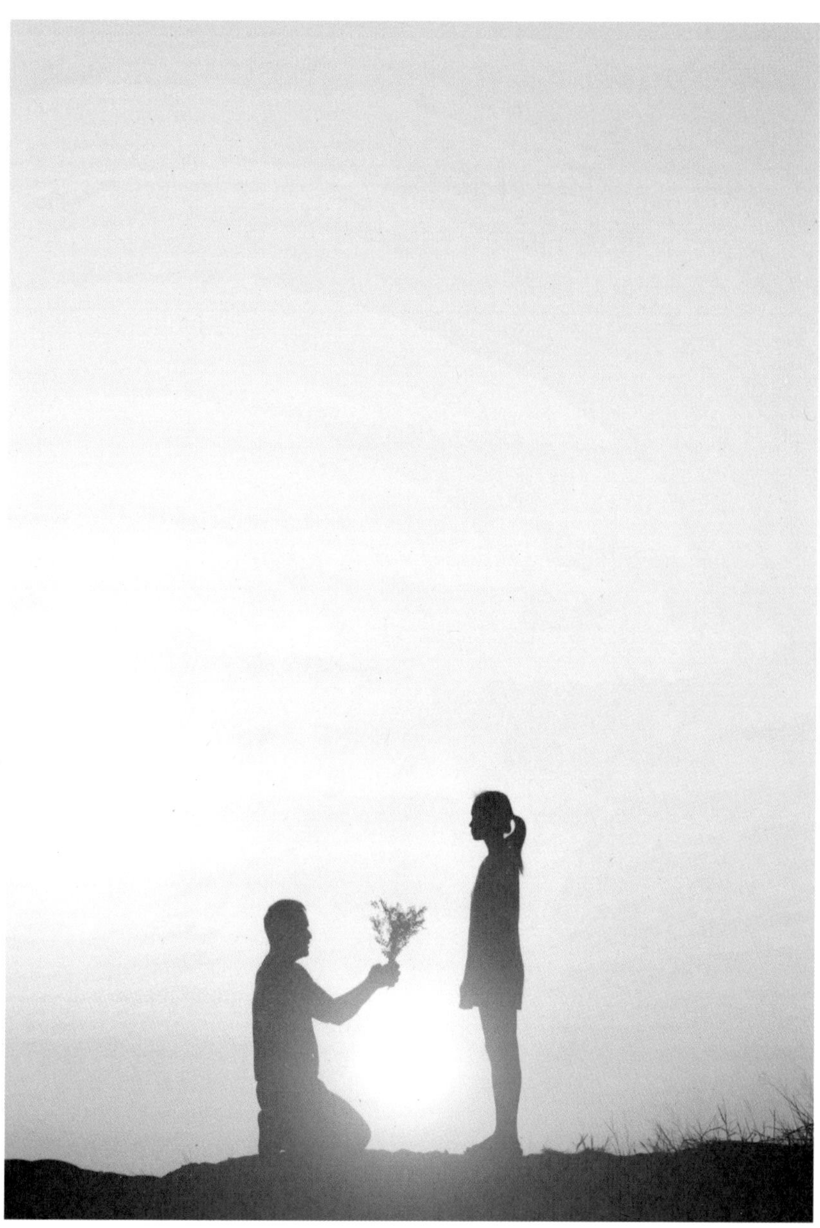

15 스킨스쿠버 즐기며 둘만의 바닷속 여행하기

하늘을 날았다면 이제 바닷속 여행이다!
먼저 짜증나고 무더운 한여름이라면
푸른 바다가 주는 상쾌함을 온몸으로 느껴 보자.
그 다음엔 아주 특별한 순서가 여러분을 기다리고 있다.
양수로 가득 차 있던 엄마의 뱃속이 고향인
우리는 바닷속에서 절대 고요와 평화를 느낄 것이다.
이제 온전히 둘만의 시간이 허락되었다.
하늘거리는 해초가 아름다운 가로수 길을 만들어 주고,
멋진 지느러미를 흔들며 헤엄치는 물고기들이 약간의
적막함을 덜어 준다.
이 특별한 여행을 하고 일상에 복귀한 두 사람은
아무도 모르게 지상의 인어로 살아갈 것이다.
절대 고요와 평화를 가슴에 품고.

그의 사랑에게

어느 날 나는 그녀의 이름을 백사장에 썼으나
파도가 몰려와 씻어 버리고 말았네.
나는 또다시 그 이름을 모래 위에 썼으나
역시나 내 수고를 삼켜 버리고 말았네.
그녀는 말하기를, 우쭐대는 분 헛된 짓을 말아요.
언젠가 죽을 운명인데 불멸의 것으로 하지 말아요.
나 자신도 언젠가는 파멸되어 이 모래처럼 되고
내 이름 또한 씻겨 지워지겠지요.
나는 대답하기를, 그렇지 않아요, 천한 것은 죽어
흙으로 돌아갈지라도
당신은 명성에 의해 계속 살게 되리다.
내 노래는 비할 바 없는 당신의 미덕을 길이 전하고
당신의 빛나는 이름을 하늘에 새길 것이오.
아아, 설령 죽음이 온 세계를 다스려도
우리 사랑은 남아 영원한 생명을 얻게 되리다.

_ 스펜서

16 유명한 면 요리 전문점을 찾아 떠나는 면식 여행

국수는 길다.

장수를 상징한다.

사랑의 장수를 기원하며 국수 여행을 떠나 보자.

면은 제조나 조리법이 쉬워서 빵보다 역사가 오래되었다고 한다.

하지만 어디에나 고수들이 있는 법이다.

그들은 이 간단한 요리를 궁중요리보다 근사하게 만든다.

그들은 국물이 있는 면, 없는 면, 삶은 면, 볶은 면,

비빈 면, 생면, 건면, 유탕면, 쌀국수, 메밀국수, 밀국수와 같은

수많은 면을 가지고 최고의 맛을 내는 비법을 알고 있다.

요즘은 우리나라의 전통 면 요리 외에도

파스타, 도삭면, 쌀국수, 소바, 라멘 등 각국의 면 요리까지 섭렵했다고 한다.

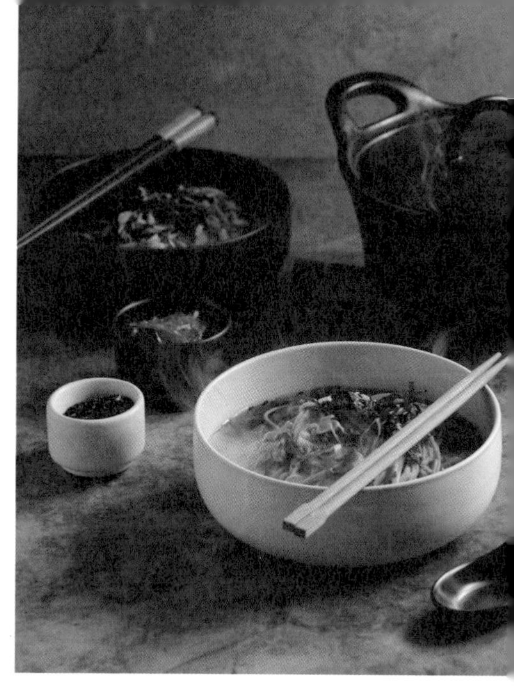

조금만 발품을 팔면 그들의 특별한 식탁에 앉는 기쁨을 누릴 수 있다.
슬슬 날씨가 쌀쌀해지기 시작한다.
꼭 따뜻한 국물 때문이라고 핑계 대지 않더라도
유명한 면 요리 전문점을 찾아 떠나는 면식 여행을 하고 싶어지는 계절이다.

스파게티Spaghetti

흔히 스파게티로 알려진 이탈리아 국수 요리인 파스타는 원래 식사 전에 먹는 요리다. 스파게티는 마르코 폴로에 의해 처음 소개되었다고 한다. 중국 원나라를 찾았던 그는 중국의 면 요리에 반했고, 고향으로 돌아온 후 사람들에게 직접 요리해서 맛보였다. 이것이 오늘날 사람들에게 사랑받는 스파게티가 되었다.

사랑은

종은 누가 그걸 올리기 전에는
종이 아니다.
노래는 누가 그걸 부르기 전에는
노래가 아니다.
당신의 마음속에 있는 사랑도
한쪽으로 치워 놓아선 안 된다.
사랑은 주기 전에는
사랑이 아닌 것이다.

_ 햄머스타인

17 외적 매력을 꾸준히 가꾸기

여자라면 섹시한 S라인을 꿈꾼다.
물론 남자도 식스팩이 새겨진 복근을 상상하며 배에 힘을 주곤 한다.
누구나 외모에 관심이 크며, 때로는 사회생활의 경쟁력이 되기도 한다.
꼭 드라마 주인공처럼 예쁘거나 섹시해야 한다는 말은 아니다.
자신만의 매력과 스타일을 찾아 꾸준히 가꾸는 것이 중요하다.
외모가 사랑을 위한 전제는 아니어도 상대에 대한 배려라고 할 수는 있다.
연애 기간이 길어져 상대가 편안해지면,
민낯이나 후줄근한 운동복 차림으로 만나기도 한다.
사랑은 긴장을 얼마나 유지하느냐가 중요할 때가 있다.
외적 매력을 가꾸는 긴장을 포기하는 순간,

사랑도 희미해지기 시작한다는 어느 고수의 충고를 잊지 말아야 한다.

속삭여요 살며시

속삭여요 부드러운 말로
기쁘게 해주어요 따사로운 소리로
아무것도 모르는 이 마음을
받아 주세요
아아!
님에게는 누구보다도
제가 있다는 것을
부드러운 미소로

속삭여 주어요
그러면 나는
우쭐대며 거만할 줄 아세요 ?
아니에요 저는
부드러운 넝쿨 풀잎처럼
그것을 감싸 쥐고
그 힘으로 일어서겠어요
좀 더 좀 더 부드럽게 해주세요
좀 더 좀 더 아름답게
다소곳한 소녀가 되겠어요
아아 저는
너무나도 거친 황무지에서 태어났어요
굶주린 마음에
하나만이라도 갖고 싶은 것은
님의 사랑을 받는다고
그렇게 생각하는 기쁨이에요
아침 이슬이나
하늬바람 정도라도
님이 그것을 알아주신다면
저의 눈동자는

싱싱한 젊음을 보일 거예요
너무도 기뻐서 눈물 가득히
동공을 적시며 있겠어요
눈 가린 술래를 이끌듯이
아아 !
부드러운 속삭임으로
사랑의 길로 이끌어 주세요

_ 나가세 기요코

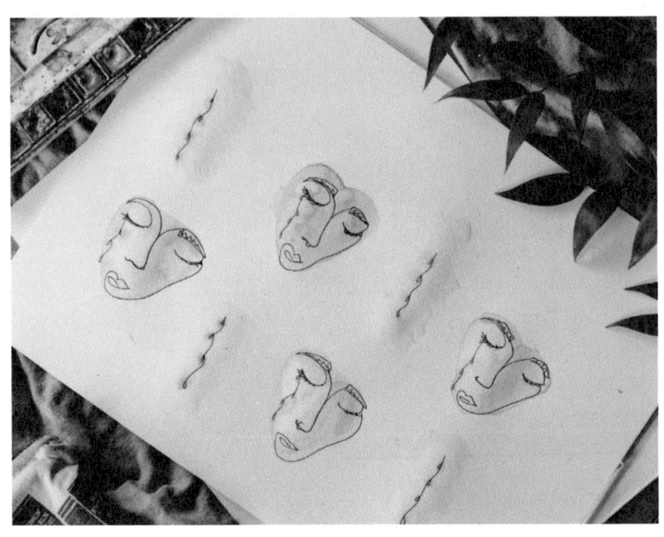

18 어느 일요일, 아침 영화를 보고 브런치 먹기

일요일 이른 아침, 눈이 저절로 떠진다.

휴일이면 모자란 잠을 채우느라

침대에서 뒹굴며 아침 시간을 보내지만,

오늘은 그와 함께 아침 영화를 보기로 한 날.

서둘러 일어나 나갈 채비를 하는 시간이 즐겁다.

그와 시간이 안 맞아 못 봤던 영화를 본다.

극장은 텅텅 비어 있다.

이렇게 이른 아침에,

이렇게 많은 스태프들이,

이렇게 큰 극장에서 우리를 위해 영화를 준비하다니!

기쁘고 재미있게 보지 않을 수 없지 않은가.

이제 브런치를 먹는다.

브런치는 식사보다 가벼워서 좋다.

포만감을 느끼기 위한 식사 행위보다 이야기하는 시간이 길어진다.

브런치는 일주일 동안 있었던 긴긴 이야기들을

나누는 달콤한 시간을 가질 수 있어 좋다.

어느 일요일,

브런치를 먹는 내내 나의 이야기에

귀를 기울이는 그가 있어 나는 아주 오랫동안 행복했다.

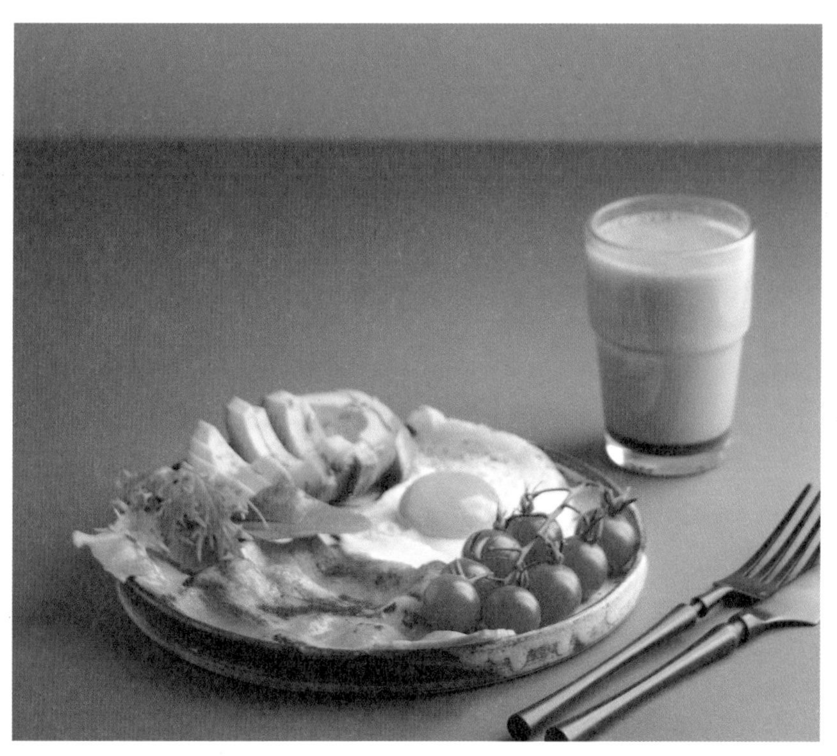

서양하면 가장 먼저 떠오르는 음식이 빵이다. 빵은 밀가루를 물과 반죽하여 발효시킨 후 구워 내는 음식이다. 독일어로 'Brot', 영어로 'Bread', 네덜란드어로는 'Brood', 프랑스어로 'Pain', 스페인어로 'Pan', 포르투갈어로 'pa.o' 그리스어로 'pa'라고 부른다. 막 구워 낸 빵에서 모락모락 올라오는 향은 지구인이라면 사랑하지 않을 수 없다.

프랑스의 빵 · 바게트baguette
독일의 빵 · 브레첼bretzel
영국의 빵 · 머핀muffin
인도의 빵 · 난naan
이탈리아의 빵 · 포카치아focaccia

사랑의 노래

나의 고향은 어디에 있을까요?
나의 고향은 작습니다.
이곳에 있다가는 저곳으로 옮겨 갑니다.
나의 마음을 함께 안고 갑니다.
기쁨과 슬픔을 함께 줍니다.
나의 고향은 바로 그대입니다.

_실러

19 눈부시게 푸른 산의 정상 함께 밟기

여름휴가를 받으면 으레 연인들은 바다로 떠난다.
그래서인지 휴가 때가 되면 바다는
인산인해를 이루어
쪽빛 바다가 아닌 까만 사람 머리만 보고 온다.
바다 구경했는지 사람 구경했는지 실망스러운 여행이 대부분이지만, 그래도 해마다 낭만 바다를 꿈꾸며 사람들은 바다로 향한다.
속는 거라면 너무 익숙해진 인생인 양 말이다.
망설이지 말고 쪽빛 바다보다 푸르른 산으로 가자.
바다와 반대 방향으로 달릴 테니 교통 체증도 없이 닿을 것이다.

이제 정상을 향해 올라 보자.
어떤 산이라도 단숨에 오를 수 없다.
한 발 한 발 디디며 자연의 아름다움에 경외심을 품는 순례객이 될 것이다.
정상에서 모처럼 자연과 인간, 삶에 대해 긴 이야기를 나누자.

등산• 유산• 산행

산을 좋아하는 사람들은 산에 오르는 행위를 몇 가지로 나누어 즐긴다. 등산은 '오를 등登', '뫼 산山'으로 이루어진 말로, 글자 그대로 산을 오르는 것이다. 유산遊山은 꼭 오르지 않아도 산에서 멋들어지게 노는 것이요, 산행山行은 산을 유유히 걷는 것이다. 정상을 빨리 밟을 생각에 풀 한 포기, 나무 한 그루도 바라보지 않는 어리석음을 범하지 말아야 한다는 교훈이 담겨 있다.

5월의 노래

오오, 눈부시다,
자연의 빛.
해는 빛나고
들은 웃는다.
나뭇가지마다
꽃은 피어나고,
떨기 속에서는
새의 지저귐.
넘쳐 터지는
가슴의 기쁨.
대지여, 태양이여
행복이여, 환희여
사랑이여, 사랑이여
저 산과 산에 걸린
아침 구름과 같은
금빛 아름다움

_괴테

20 책방 순례하며 의미 있는 해에 출간된 책 찾기

요즘은 인터넷 서점에서 많이들 책을 구매한다.
기본 할인과 포인트 적립에 각종 이벤트까지 있어
상대적으로 저렴하게 살 수 있기 때문이다.
그러나 역시 책은 직접 보고 질감을 느끼는 과정을 거쳐야 제맛이다.
헌책은 이미 읽은 사람의 추억과 흔적을 더듬는 재미가 있다.
밑줄이나 메모를 통해 전 주인의 사유를 따라가 볼 수도 있고,
간혹 책 사이에 끼어 있는 빛바랜 단풍잎이나
네 잎 클로버를 찾아내면 잠시 추억에 빠져들기도 한다.
무엇보다 헌책은 품절되어 희귀해진 책을 발견하는 즐거움이 크다.
헌책방들은 온라인 서점 알라딘이 운영하거나

동네에 숨어 있는 괜찮은 독립서점들도 제법 있다.

헌책방 골목을 찾아 가도 좋고,

낯선 동네의 한적한 독립서점에 가도 좋다.

그와 함께 책을 구경하다가 그가 태어난 해에 출간된 책을 한 권 산다.

무슨 책이냐고 물으면 슬그머니 판권 페이지를 보여 주자.

사랑은 조용히 오는 것

사랑은 조용히 오는 것.
외로운 여름과
거친 꽃이 시들고도
기나긴 세월이 흐를 때.
사랑은 천천히 오는 것.
얼어붙은 물속으로 파고드는
밤하늘의 총총한 별처럼
송이송이 내려앉는 눈과도 같이.

조용히 천천히
땅속에 뿌리 내린 밀
사랑의 열기는 더디고 조용한 것
내려왔다가 치솟는 눈처럼
사랑은 살며시 뿌리로 스며드는 것
씨앗은 조용히 싹을 틔운다
달이 커지듯 천천히

_ 밴더빌트

21 와인 하나씩 알아 가며 딱 맞는 와인 찾기

와인 한 병에는 한 사람의 인생에
버금가는 맛이 담겨 있다고 누군가 말했다.
그렇다.
와인은 태양과 대지, 바람과 농부의 성실한 노동이
함께 작업한 작품이기 때문이다.
1년 일조량이 조금만 부족해도 와인의 성숙한 맛은 나지 않는다.
포도나무의 뿌리가 뻗어 나간 방향의 흙에 따라
와인의 맛은 확연히 다르다.
농부의 손이 갈라지도록 포도나무를 가꾸지 않으면
탐스러운 포도를 벌레에게 빼앗긴다.
그래서 와인의 맛은 각양각색이고, 내 입맛에 맞는 와인 찾기가 어렵다.
하지만 모든 와인에는 각각의 향과 맛, 그리고 철학이 있으니

하나하나 알아 가는 일은 무척 즐거운 일이다.
사랑하는 그와 리스트를 만들어 맛과 느낌들을 적어 나가면
두고두고 참고할 수 있는 인생 정보가 된다.
또한 와인을 마시는 시간이 많아질수록 사랑도 와인처럼 익어 갈 것이다.

치즈와 와인cheese & wine

치즈와 와인은 닮은 점이 아주 많다. 숙성시켜서 깊은 맛을 내는 점이 비슷하고, 만드는 사람만큼이나 다양한 맛과 향을 내는 점도 그렇다. 인류의 시작과 함께 만들어졌다는 것도 닮았다. 오래된 와인일수록, 오래 숙성한 치즈일수록 맛과 향이 깊어지는 것은 사랑과 참 많이 닮았다.

에멘탈 · emmenthal
로크포르 · roquefort
까망베르 · camembert
에담 · edam
파르마산 · parmesan
모짜렐라 · mozzarella

이런 사랑

세상에 둘도 없는 친구나
이 세상 하나뿐인 다정한 엄마도
가끔 멀리하고 싶을 때가 있는데
당신은 아직 한 번도 싫은 적이 없습니다.

어떤 옷에도 잘 어울리는 벨트나
예쁜 색깔의 매니큐어도
몇 번 쓰고 나면 바꾸고 싶지만
당신을 향한 나의 마음은 아직 한 번도
변한 적이 없습니다.

새로 나온 초콜릿도
며칠만 지나면 싫증나는데
당신은 아직 한 번도
싫증난 적이 없습니다.

오래 숙성된 포도주나 그레이프 디저트도

매일 먹으면 물리는데

당신은 매일매일 같이 있고 싶습니다.

_ 버지니아 울프

22 특이한 스타일이나 콘셉트의 맛집 찾기

하루도 빼먹지 않는 것,
그것도 부족해 하루에 세 번씩이나 해야 하는 것.
바로 하루의 양식을 찾아 먹는 일이다.
생존을 위해서 반드시 해결해야 할 일이니
사랑에 빠졌다고 게을리할 수 있는 일도 아니다.
이제 두 사람에게 아주 큰 숙제가 떨어졌다.
무엇을 먹을까? 어디서 먹을까?
그 어떤 고민보다 자주 해야 한다.
행여 메뉴를 잘못 골랐다가 낭패를 볼 수도 있어 치열하게 고민하는 시간이 늘어난다.
사랑할 시간도 부족한데 이런 고민에 매여 있다면 커플 자격이 한참 떨어진다.
유난히 식도락을 즐기는 두 사람이 아니어도
먹고 이야기하고 즐길 수 있는 음식과 장소를 찾는 일은 즐거워야 한다.

세상에는 좀 더 좋은 곳에서 좀 더 맛있는 음식을 먹기 위해 머리 싸매고 고민하는 사람들이 많다.
그들이 직접 음식과 자리를 준비해 우리를 기다리고 있다.
조금만 노력해서 찾아보자.
그에게 미루지도 말자.
내가 주인이 되어 그를 초대하는 것이다.

당신의 전화 기다립니다

당신의 목소리와
당신의 미소를
매일 아침 기다립니다.
당신의 손길과
당신의 눈길
그리고
전화벨이 울리기를 기다립니다.
어떤 이유든, 변명이든, 당신의 한마디 말을
무엇이든 기다립니다.
농담이라도 좋고, 노래라도 좋겠지요.
마침내 전화벨이 울리고
당신의 목소리에
내 마음은 날아오릅니다.

_스틸

23 예쁜 액자에 넣어 사진 선물하기

사진은 순간의 시간을 영원히 남길 수 있는 인류의 위대한 발명품이다.
탄생하던 순간부터 영원을 꿈꾸는 인간에게 큰 사랑을 받아왔다.
더구나 인생 최고의 시간을 보내고 있는 연인들이라면, 카메라는 절대 빼먹을 수 없는 필수품 중 하나다.
디지털 시대가 되면서 인화라는 번거로움을 덜게 되어 매순간 그를 담을 수 있게 되었다.
그런데 과유불급이라는 조상의 가르침이 여기에서도 비켜 가지 않는다.
사진이 너무 많아 주체를 못해서 애써 찍은 사진을 거들떠보지 않게 된 것이다.
사진은 환한 바깥 세상에 나오지도 못하고 카메라 속에 영원히 갇혀 버렸다.

사진을 선물하자.
햇볕 따뜻한 그 사람의 창가나 책상을 장식할 수 있도록
어여쁜 액자에 넣어서.

폴라로이드 polaroid

1948년에 셔터를 누르면 바로 인화되는 카메라가 등장했다. 바로 폴라로이드 카메라다. 카메라 안에서 현상이 되어 촬영한 그 시간에 사진이 인화되어 나오는 카메라는 가히 혁명적이었다. 지금 우리는 또 한 번의 카메라 혁명을 겪는다. 디지털 카메라의 등장이다. 필름 사진을 이제는 영영 볼 수 없을지도 모르겠다. 그래서일까. 다시 오지 않는 찰나의 순간을 담아 주는 폴라로이드 사진이 더 갖고 싶어진다.

당신을 사랑하기에

당신을 사랑하기에 한밤에 나는
그토록 설레며 당신께 속삭였지요.
당신이 나를 영원히 잊지 못하도록
당신의 마음을 따왔지요.
당신의 마음은 나와 함께 있으니
좋든 싫든 오로지 내 것이랍니다.
설레며 불타오르는 내 사랑
어떤 천사라 해도 당신을 앗아 가진 못해요.

_ 헤세

24 이를 수 없는 별을 보지 말고, 있는 그대로 받아들이기

처음에는 바라만 봐도 좋더니 차츰 바라는 것이 많아진다.
내가 지금 어떤 기분인지 말하지 않아도
금방 알아주었으면 싶다.
내게 무엇이 필요한지 알아채고 척 내밀어 줬으면 좋겠다.
매일매일 전화하더니
이제는 내가 먼저 전화해도 귀찮아하는 눈치다.
내 앞에서는 짜증 한 번 안 내던 사람이
운전 중에 앞차를 욕하기도 한다.
실수를 하면 무조건 잘못했다고 하던 사람이
심지어 자신의 실수가 무엇인지도 모른다.
문제가 무엇일까.
흔히 우리는 사람이 변했고, 사랑이 변했다고 생각한다.
하지만 사랑은 서로를 이해하고 알아가는 과정이다.
그 사람을 인정하기보다 나의 바람이 먼저였는지 생각해 보아야 한다.

그 사람이 변한 게 아니라 나의 욕심이 커졌고,
사랑이 변한 게 아니라 나의 이기심이 커진 게 아닌지 말이다.
연애 법칙 제1조가 있다.
있는 그대로를 받아들이면서 이해하고 알아 가는 사랑이 오래간다.
부정할 수 없는 진리다.

성숙한 사랑을 위해

노력하지 않고서 사랑받을 수는 있어도
노력하지 않고서 사랑할 수는 없다.
사랑한다는 것은
삶의 무거운 짐을 정면에서 떠맡는 것.
무엇인가에 의지하고 싶다,
무엇인가의 보호를 받고 싶다,
무엇인가를 붙잡고 싶다,
이러한 것들을 하나하나 내던져 버리고
홀로 굳건히 서기 위한 노력.
자기중심으로부터 벗어나지 않고선
그 누군가를 사랑할 수가 없다.
사랑하려고 애쓰는 노력은
자기중심적인 생각과 행동으로부터
한 걸음씩 벗어나는 일.
역경에 무너지지 않고,
고통에 쓰러지지 않고,
나의 슬픔을 뛰어넘어 환한 웃음으로

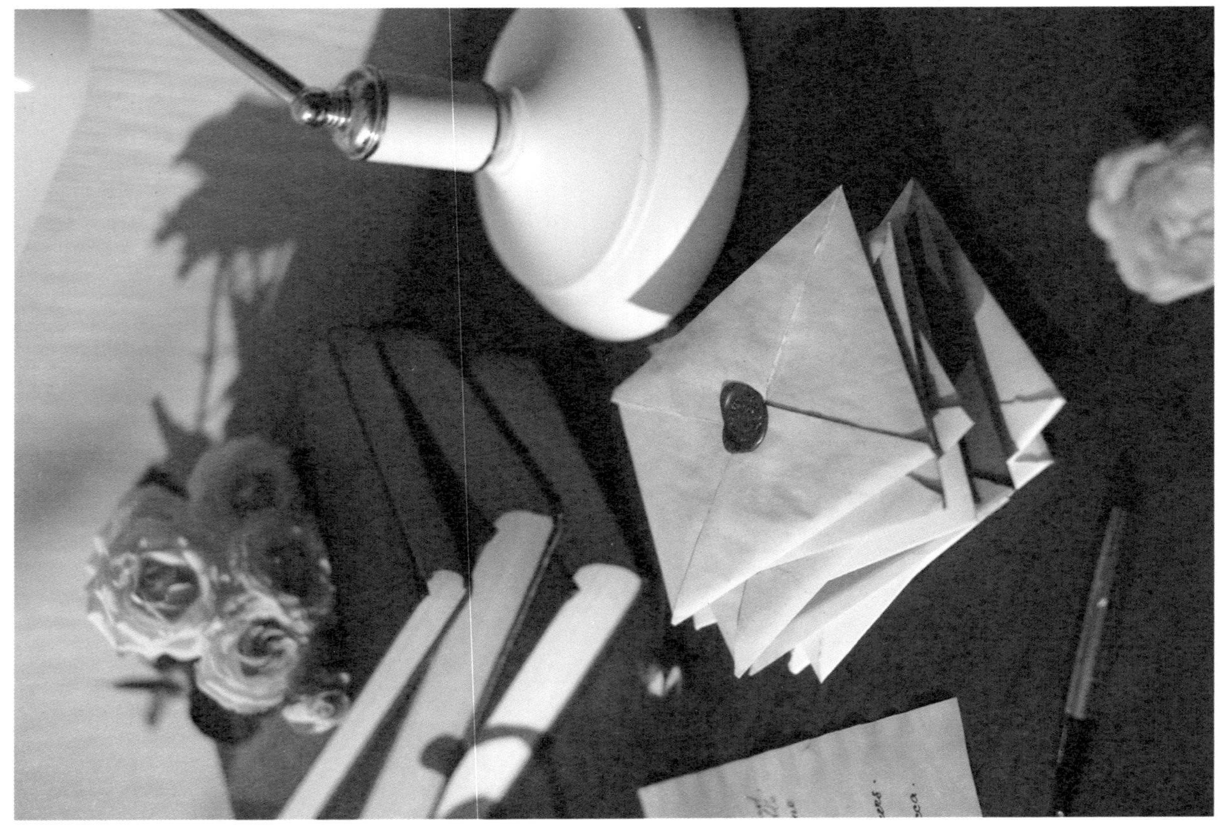

그를 마주할 수 있어야 하는 것.

그리하여 그 사랑으로

더욱더 성숙해지는 일.

노력하지 않고서 사랑받을 수는 있어도

노력하지 않고서 사랑할 수는 없다.

_가토 다이조

25 완행열차 타고 우리나라에서 가장 높은 역 찾아가기

우리나라에도 다른 나라 부럽지 않게
빨리 달리는 고속열차가 생겼다. 전국을 가로질러
달리는 데 불과 몇 시간밖에 걸리지 않는다.
연인들에게 그렇게 빨리 달리는 기차가 그다지 필요할까.
고속열차 표는 바쁜 비즈니스맨들에게
양보하고 완행열차를 타자. 깊은 심호흡을 하듯
둘만의 여유로운 사랑을 나누는 시간을 가져 보자.
우리나라에서 기차를 타고 아름다운 자연을 감상하기에
가장 좋은 곳은 역시 강원도이다. 강원도 여행을 하면서
강원도의 힘을 느껴 보자. 우리나라에서 가장 높은 역을
찾아가 두 발로 디뎌 보는 색다른 경험은 어떤가.
우리가 사는 나라의 가장 높은 역이
어떤 모습인지 알아보는 것도 나라 사랑의 길!
임도 보고 뽕도 따는 여행이 아닐 수 없다.

협궤열차narrow gage train

1,435mm 표준궤도보다 폭이 좁은 기차를 '협궤열차'라 한다. 우리나라에서도 협궤열차가 달린 적이 있다. 인천 송도에서 수원까지 달리던 이 꼬맹이 열차는 여러 교통 수단이 발달하면서 지금은 달리기를 멈추었다. 좁고 느린 기차에 몸을 실은 사람들은 먼 신세계를 목적지로 하지 않았다. 가족이 있고, 친구가 있고, 연인이 있는 삶 속으로 달렸다.

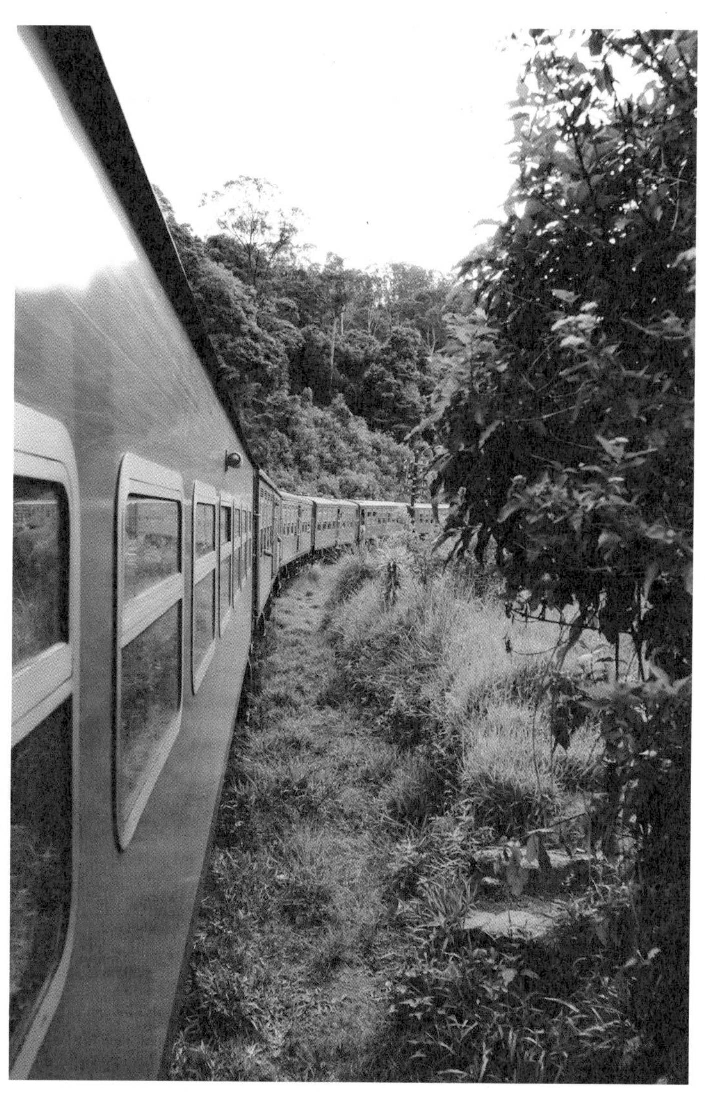

노부코

노부코 노부코 노부코 노부코
노부코 노부코 노부코 노부코
노부코 노부코 노부코 노부코
노부코 노부코 노부코 노부코
노부코 노부코 노부코 노부코
노부코 노부코 노부코 노부코
노부코 노부코 노부코 노부코
노부코 노부코 노부코 노부코
노부코 노부코 노부코 노부코
노부코 노부코 노부코 노부코
노부코 노부코 노부코 노부코
노부코 노부코 노부코 노부코
쓰면 쓸수록 슬퍼만 진다.

_ 스즈키 쇼유

26 둘이 같이할 운동 찾아 건강 지키기

젊었을 때는 젊음의 아름다움을 모른다고 한다.
건강할 때는 건강의 소중함을 모른다고 한다.
바로 당신의 모습이 아닐까.
젊음과 건강은 시간이 가면 퇴색되기 마련이다.
젊고 아름다운 지금 이 순간은 눈이 시릴 만큼 아름답고 조바심이 날 만큼 소중한 것이다.
젊은 그대의 아름다움을 간직하기 위해 가장 쉽게 할 수 있는 일을 찾아보자.
건강한 그대의 숭고함을 지키기 위해 꾸준히 할 수 있는 것은 무엇일까.
그렇다고 나 혼자 잘 살면 무슨 재미가 있겠는가.
내 인생에서 가장 소중한 사람의 손을 잡고 시작하는 것이 사랑에 대한 예의이다.
몸과 마음을 수련하는 명상 운동은 어떤가.
굵은 땀방울 뚝뚝 떨어지는 격렬한 운동은 어떤가.

지칠 때면 내 어깨를 다독거려 줄 그가 있는데 망설일 이유가 있는가.

요가yoga

현대인들의 많은 사랑을 받고 있는 요가는 약 5,000년 전에 시작된 인도의 심신 수련법이다. 인도인들은 외부 세계가 아닌 내 안에서 진리를 깨달아 진짜 자기를 찾기 위한 방법으로 실천하였다. 마음의 간교한 변화에 휘둘리지 않고 조절해서 우리가 본래 가지고 있는 고요한 마음으로 돌아가는 것이 요가를 하는 이유이다.

사랑의 비밀

사랑을 말하려 하지 말지니,
사랑은 말로 할 수 없는 것이라.
어디서 이는지 알 수도 없고,
눈에는 안 보이는 바람 같은 것.

내 일찍이 내 사랑을 말하였지.
내 마음의 사랑을 말하였더니,
그녀는 새파랗게 질려 떨면서
내 곁을 떠나고야 말았지.

그녀가 내 곁을 떠나간 뒤,
조용히 인기척 없이
나그네 한 사람 다가와
한숨지으며 그녀를 데려갔지.

_ 블레이크

27 빼어난 산사의 단풍 구경 가기

붉게 타는 가을 산이 손짓한다.
덩치 큰 산이 온통 불바다로 변하듯 황홀경을 연출한다.
가을을 감상하기에 더도 덜도 부족한 것이 없다.
어느 위대한 화가의 작품을 대할 때보다 더 벅찬 감동이 밀려온다.
감상은 이런 것이다!
이때 단풍 융단을 밟아 고즈넉한 산사를 찾아가자.

우리가 지상에서 체험할 수 있는 최고의 풍요로움을 송두리째 담아 올 수 있을 것이다.
가을 산사는 우리가 일상에서 접하기 어려운 깊은 사색과 성찰의 공간을 준비하고 있을 테니까.
가을 낭만이란 이런 것이다!
그런데 그 사실을 아는가.
아름다운 단풍은 나무가 변하면서 가장 고통스러운 때의 모습이라는 사실을.
그 어떤 아름다움에도 고통이 따라야 한다면 기꺼이 감내하리라.
그대가 있으니.

상록수evergreen tree

상록수를 순우리말로 옮기면 '늘푸른나무'이다. 가을이 되어 많은 나무들이 울긋불긋 옷을 갈아입고 겨울을 나기 위해 잎을 떨어뜨려도, 늘푸른나무는 일 년 내내 이가 시리도록 푸른빛을 낸다. 아침 마음 다르고 저녁 마음 다른 이에게, 아침 사랑 다르고 저녁 사랑 다른 이에게

상록수는 말한다. 늘 푸르라고!

고엽

기억하라, 함께 지낸 행복한 나날을.
그때 태양은 훨씬 더 뜨거웠고,
인생도 무척이나 아름다웠다.
마른 잎을 갈퀴로 긁어모으고 있다.
나는 그 나날을 잊을 수 없어
마른 잎을 갈퀴로 긁어모으고 있다.

북풍은 모든 추억과 뉘우침을 싣고 갔지만,
망각의 춥고 추운 밤 저편으로
나는 그 모든 걸 잊을 수 없었다.
네가 불러 준 그 노랫소리,
그건 우리 마음 그대로의 노래였다.
너는 나를 사랑했고, 나는 너를 사랑했다.

우리 둘은 늘 곁에 있었다.
하지만 인생은 남 몰래 소리 없이
사랑하는 이들을 갈라놓는다.

그리고 모래 위에 남겨진 연인들의 발자취를
물결은 지우고 만다.

_ 프레베르

28 땅끝 마을 바닷가에서 - 사랑을 소리 높여 외치기

전라남도 해남군 송지면 송호리.

백두산에서부터 굽이굽이 내려오던 길이 끝이 나는 곳이다.

이곳 땅끝은 우리에게 묘한 설렘과 비장함을 느끼게 한다.

그래서일까.

사람들은 희망에 부풀어 올랐을 때도, 깊은 시름에 잠겼을 때도 이곳 땅끝을 찾는다.

끝은 돌아서면 다시 시작할 수 있는 곳이기 때문일 것이다.
해남 땅끝에서 쾨쾨하게 묵은 고리들을 모두 풀어
바다에 버리고 다시 돌아서서 시작하려는 의지가,
이곳으로 모이게 하는 것이 아닐까.
사랑하는 날들이 모두 잔칫날은 아니다.
그 사람 때문에 더러는 힘들고,
더러는 서글프기도 할 때가 있다.
땅끝을 찾자.
이곳엔 백두대간의 혼이 마지막으로 타올라 기와 힘이
모여 있다고 한다.
이곳에서 목청이 터지게 사랑을 소리 높여 외쳐 보자.

세계의 끝

덴마크 최북단에 위치한 스카겐 마을. 발트해와 북해가 만나는 곳. 이곳이 세계의 끝이다. 지구가 네모라고 생각한 옛 사람들은 이곳에 닿으면 떨어진다고 생각했다고 한다. 내친김에 세계의 끝에서 사랑을 외쳐 보는 건 어떤가.

이제는 더 이상 헤매지 말자

이제는 우리 더 이상 헤매지 말자.
이토록 늦은 한밤중에
지금도 가슴속엔
사랑이 깃들고
지금도 달빛은 훤하지만
칼을 쓰면
칼집이 해어지고
영혼이 괴로우면
가슴이 허하나니,
심장도 숨 쉬려면
쉬어야 하고
사랑에도
휴식이 있어야 하듯이
밤은 사랑을 위해 있고,
낮은 너무나도 순식간에
돌아오지만,
이제는 우리 더 이상

헤매지 말자
아련히 흐르는 달빛 사이를……

_ 바이런

29 템플 스테이를 통해 마음 공부하기

스트레스가 많은 시대이다.
현대인에게 스트레스는 만병의 근원이라 불릴 정도다.
몸의 피로는 적당한 수면과 휴식, 운동 등으로 풀 수 있다지만,
마음의 피로는 어찌할 것인가.
템플 스테이는 사찰에 머물며
스님들의 일상과 불교의 문화, 수행 등을 체험해 보는 것이다.
참선(명상), 예불, 발우공양, 108배 등을 통해
자신을 낮추고 마음을 다스리는 공부를 할 수 있는 기회이다.
모든 것은 마음에서 나온다는 불교의 가르침이 있다.
그와 함께 고즈넉한 산사에 머물며
서로의 마음을 들여다보며 마음의 피로를 풀어 보자.

노르웨이 숲

서로 사랑하던
우리는 나란히 길을 걸어가며
세상에서 가장 순수한 것을
생각했습니다.
우리는
이름도 모를 꽃들 사이를
한마디 말도 없이 다정히 걸어가며
떨리는 손을 슬그머니
처음으로 마주 잡았습니다.
우리는 마치
사랑의 맹세를 한 연인처럼
아름다운 숲길을 끝없이 걸어갔습니다.

_ 발레리

30 어린 시절 좋아하던 장난감 선물하기

그 사람의 어린 시절은 언제나 궁금하다.

지금처럼 게임기가 많지도 않고 인터넷 게임도 다양하지 않았을 때

그는 무엇을 갖고 놀았을까.

분명 마음속 깊이 남아 있는 장난감이 한두 가지 있을 것이다.

아마도 그는 변신합체가 되는 로봇에 열을 올리며 놀았을 것이고,

더 와일드한 아이였다면 반짝거리며 소리 나는 자동차를 가지고

온동네를 뛰어다녔을 것이다.

아마도 그는 날씬한 바비 인형에

이 옷 저 옷을 입히며 종알종알 떠드는 수다쟁이 소녀였을지도 모르고,

햇볕 따뜻한 담장 아래에서 조약돌로 밥을 하고

토끼풀로 반찬을 만드는 꼬마 숙녀였을지도 모른다.
어린 시절을 선물하자.
그가 자신의 유년을 추억할 수 있는 장난감을 선물해 보자.
서로 좋아했던 장난감을 통해 미처 몰랐던
정서와 추억을 공유하는 시간을 가질 수 있어 더욱 좋을 것이다.

테디 베어teddy bear

1902년 세계에서 가장 사랑받는 장난감이 탄생했다. 미국의 대통령 테어도어 루즈벨트의 애칭을 따서 붙인 곰 인형 '테디 베어'이다. 곰 사냥을 나갔다 실패하고 돌아온 대통령을 위해 보좌관이 한 마리 곰을 나무에 묶어 놓고 쏘라고 했지만 대통령은 거절했다. 이 이야기에서 영감을 얻어 귀엽고 천진난만한 테디 베어가 세상에 나오게 되었다.

아름다운 여인

장난감을 선물 받아
그것을 바라보고 껴안고 놀다 기어이 부숴 버리고
아침이면 어느새 선물한 사람도 잊어버리고 마는 아이처럼
당신은 내가 바친 내 마음을
귀여운 장난감처럼 조그만 손으로 만지작거리며
내 마음이 아파 괴로워하는 것도 모르고 지냅니다.

_ 헤세

31 그 사람이 좋아하는 게임이나 취미 무조건 배우기

연애를 시작하면 그 사람을 송두리째 소유해야 한다고 생각한다.
그래서 서로를 열렬히 알아 가는 시간이 지나면 시큰둥해졌다고,
사랑이 식었다고 생각한다.
처음에는 나의 동선까지 파악해 챙겨 주던 사람이
그동안 내팽개치다시피 했던 자기 세계로 돌아갔다고 말이다.
사실은 서로 사랑을 나누면서 일상의 시간을 갖게 된 것이다.
그의 세계를 인정하지 않고 무조건 소유하려고만 한다면
정말 사랑이 식어 버린다.
가장 좋은 방법은 상대의 세계로 내가 같이 들어가는 것이다.
그 사람이 좋아하는 게임이나 취미에 질투를 느끼지 말고

나도 배워 같이 즐겨 보자.
그 과정에서 많은 이야기가 오가며 서로를 좀 더 이해할 수 있다.
무엇보다 같은 취미를 즐기며 얻는 동질감이 커지면서 사랑도 더욱 깊어질 것이다.

당신이 날 사랑해야 한다면

당신이 날 사랑해야 한다면,
오직 사랑만을 위해 사랑해 주세요.
미소 때문에, 미모 때문에, 부드러운 말씨 때문에,
내 생각과 잘 어울리는 재치 있는 생각 때문에,
그런 날엔 나에게 느긋한 즐거움을 주었기 때문에
그녀를 사랑한다고 말하지 마세요.
사랑하는 이여! 이런 것들은 그 자체가 변하거나
당신을 위해 변하기도 합니다.
그처럼 짜여진
사랑은 그렇게 잃기도 한답니다.
내 뺨의 눈물을 닦아 주는
당신의 연민으로도 날 사랑하진 마세요.
당신의 위안을 오래 받으면 울음을 잊게 되고
그러면 당신의 사랑을 잃게 될지도 모르니까요.
오직 사랑만을 위해 사랑해 주세요.

언제까지나, 언제까지나

사랑의 영원함을 통해 당신 사랑을 오래오래 누릴 수 있도록.

_ 브라우닝

32 서로 화분을 선물하고 정성스럽게 돌보기

어쩌면 세상에서 가장 불편한 선물이 화분일지 모른다.
엄연히 생명이 깃든 것이라 보는 기쁨은 잠시뿐,
생명을 지켜야 한다는 부담이 클지 모르기 때문이다.
조선 초기의 문인 강희안은 가까이 두고 감상하는 꽃과 나무,
그리고 그것을 제대로 키우는 방법을 소개하는 〈양화소록養花少錄〉이라는 책을 썼다.
그는
'화초는 건습과 한난을 알맞게 맞추지 못하고
그 천성을 어기면 반드시 시들어 죽을 것이다.
하찮은 식물도 이러하거늘 만물의 영장인 사람은 오죽하겠는가.
마음을 애타게 하고 그 몸을 괴롭혀 천성을 어기고 해치게 하면 어찌되겠는가'
라고 적고 있다.

화초를 키우려면 천성에 맞는 재배법을 알아야 한다.

마찬가지다.

나의 사랑을 키우려면 그의 천성을 이해해야 한다.

그의 분신인 화분을 정성스럽게 돌보며 한번 생각해 보자.

그대 한 송이 꽃처럼

그대 한 송이 꽃처럼
귀엽고 아름답고 깨끗하구나.
네 모습 바라보면
우수에 젖는 내 마음.
그대 머리 위로 손을 모아
기도하고 싶은 마음.
하느님이 언제나 지켜 주시길,
깨끗하고 아름답고 귀엽게.

_ 하이네

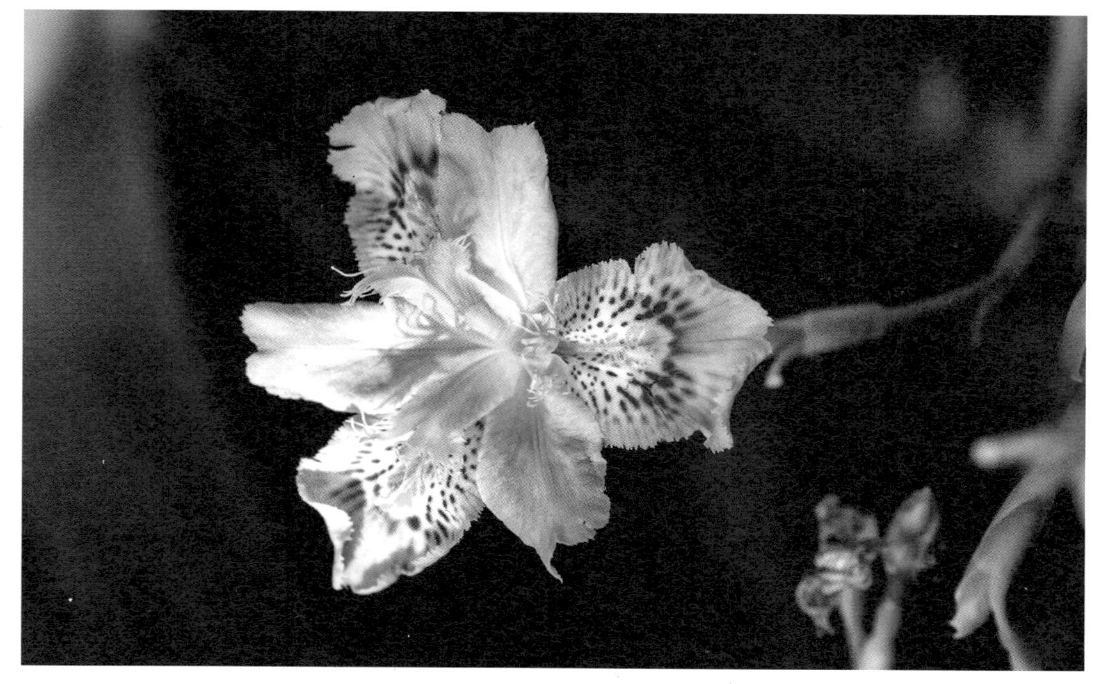

33 딱 한 번 내 분수에 넘치는 선물 사주기

선물은 정성이다.
마음이 듬뿍 담긴 선물은 가격에 상관없이 사람의 마음을 뭉클하게 만든다.
선물을 준비할 때는 이 포인트를 절대 놓치면 안 된다.
그런 의미에서 내 지갑을 탁탁 털은 선물만큼 정성스러운 선물도 없다.
지금 시대에 돈만큼 얻기 힘든 것이 어디 있으며, 돈의 귀중함을 모르는 사람이 있겠는가.
그래서 돈을 선뜻 타인에게 내주는 일은 많은 사람의 입에 오르내리는 덕담이 된다.
누구에게나 오랫동안 워너비 리스트에 올려놓고 날마다 눈으로 확인하는 물건이 있다.
그런 그를 위해 지갑을 열자.
모든 것을 내주는 마음을 표현한 선물은 그의 눈물샘을 자극할 것이다.

물론 이런 선물을 남발해서 경제생활에 영향을 주면 곤란하다.

딱 한 번으로 두 사람의 사랑을 견고하게 다지는 것이 현명하다.

꽃다발bouquet

왜 사랑하는 사람에게 꽃을 줄까? 꽃은 아주 오래전부터 '순결'을 의미했다. 그것이 시간이 흐르면서 '사랑'으로 의미가 변해 갔다. 꽃에 여러 의미를 주고 온 마음을 다해 전한 것이다. 사랑하는 사람에게 꽃다발을 주는 것은 19세기 프랑스에 꽃 파는 소녀가 나타나면서 크게 유행하였다.

마리에게 보내는 소네트

한 다발 엮어서
보내는 이 꽃송이들,
지금은 한껏 피어났지만
내일은 덧없이 지리.

그대여 잊지 말아요.
꽃처럼 어여쁜 그대도
세월이 지나면 시들고
덧없이 지리, 꽃처럼.

세월이 간다, 세월이 간다.
우리도 간다, 흘러서 간다.
세월은 가고 흙 속에 묻힌다.

애끓는 사랑도 죽은 다음에는
속삭일 사람이 없어지리니.
사랑하기로 해요,

나의 꽃 그대여.

_ 롱사르

34 낙엽 지는 공원 벤치에서 좋아하는 책 읽어 주기

요즘은 모든 소리가 디지털화되어 아날로그 소리를 접할 기회가 좀처럼 없다.
사실 음악이든 자연의 소리든 아날로그 소리를 들어야 우리의 몸과 정신이 안정되고 치유된다고 한다.
이 가을 가장 아름다운 아날로그 소리는 낙엽 밟는 소리와 그의 목소리일 것이다.
두 가지 소리를 동시에 들을 수 있는 가을 공원으로 가자.
아주 멀리 떠나지 않아도 되고, 무리한 지출도 걱정하지 않아도 된다.
바스락 사그락, 바스락 사그락!
공원에 떨어진 낙엽을 밟으며 햇볕 따뜻한 벤치를 찾아 눕는다.
그리고 그에게 꼭 한 번은 읽어 주리라 벼르고 별렀던 책을 아주 천천히 읽어 준다.

그가 금세 잠에 빠져도 나의 사랑의 노래는 오랫동안 끝나지 않으리라.

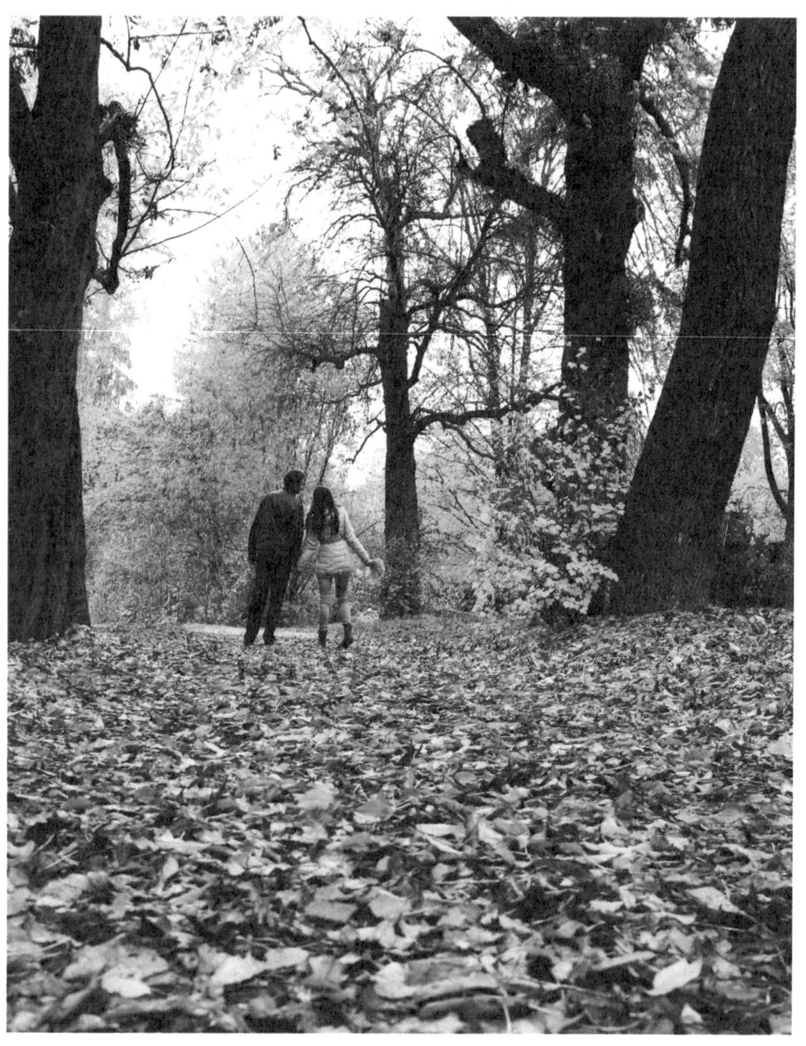

공원

천년만년 걸릴지라도
이 말 다할 수 없으리.
그대 내게 입 맞추고
나 그대에게 입 맞춘
영원한 순간을.
겨울 햇살 비치는 어느 아침
파리 몽수리 공원에서
파리에서
지상에서
별의 하나인 지구 위에서.

_ 프레베르

35 둘이 인류를 위해 할 수 있는 작은 일을 찾아 실천하기

사랑만이 세상의 증오를 녹이고 인류에게 평화를 줄 수 있다고 한다.

그야말로 무엇이든 변하게 만들 힘이 있는 사랑이다.

만약 둘의 사랑이 인류의 행복 지수를 올리는 데 공헌할 수 있다면 기꺼이 참여해야 한다.

둘이라서 보다 큰 힘이 될 테고, 둘이라서 보다 큰 즐거움을 느낄 것이다.

둘의 사랑도 더욱 성숙해질 것이다.

우리보다 어려운 이들과 우리 일보다 다급한 일들을 알게 되고,

그것을 찾아 작은 힘을 보태겠다는 마음이 커진다면,

날마다 날마다 우리는 큰 사람으로 변해갈 테니까.

큰 나무처럼 우뚝 서 있는 두 사람에게 불어온 바람은

나뭇잎도 흔들지 못하는 미풍에 그칠 것이다.

유니세프UNICEF

유니세프는 국제연합 특별기구이다. 이 국제기구는 도움이 필요한 어린이들이 있는 곳이라면 어디든지 달려간다. 국적도, 이념도, 종교도 가리지 않는다. 오직 어린이들을 위한 아름다운 정신만 있다. 차별 없는 무조건 도움을 실천하는 그들은 여전히 많은 도움의 손길을 기다리고 있다.

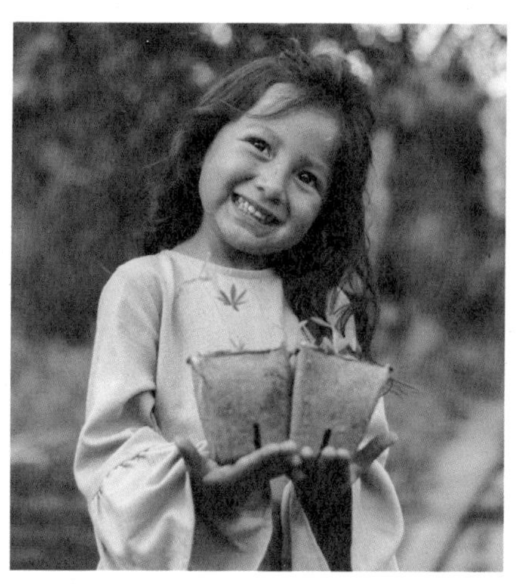

성숙한 사랑

원하는 만큼 가까워지지 않는다고
불만을 가지지 마세요.
끊임없이 성가신 잔소리로
사랑을 망가뜨리지 마세요.
사랑은 조용하게 이해하는 것이며,
불완전한 것에 대한 성숙한 포용력이니,
그러한 사랑이야말로 우리에게
우리가 가진 것 이상의 힘을 주고
우리가 사랑하는 사람을 돕도록 만듭니다.

그의 존재로 인해 따스함을 느끼고,
그가 사라진 다음에도 온기가 남아 있으면,
그리하여 아무리 멀리 있어도 그와
떨어져 있는 것이 아니라고 느껴진다면
당신은 이미 사랑 그 자체입니다.
가까이 있거나 멀리 있거나
그는 이미 당신의 사랑입니다.

_ 랜더스

36 악기를 배워 '10월의 어느 멋진 날에' 연주하기

직접 연주할 수 있는 악기가 있는가?

있다면 좋겠지만, 없어도 아직 늦지 않았다.

피아노나 색소폰, 플루트 같은 거창한 악기가 아니어도 괜찮다.

리코더나 하모니카, 멜로디언처럼 비교적 쉬우면서 금방 연주할 수 있는 악기면 된다.

그 사람을 위해 한 곡만 연습해 보자.

사랑하는 사람이 나만을 위해 몰래 연습해서 연주해 주는 음악.

연인 사이라면 누구나 꿈꿔 보는 로망이 아닐까.

연주곡으로는 〈10월의 어느 멋진 날에〉를 추천한다.

원곡은 노르웨이 가수 안네 바다의 〈봄의 댄스Dance Mot Var〉로, 같은 노르웨이의 뉴에이지 그룹인 시크릿 가든이 〈봄의 세레나데Serenade To Spring〉로 편곡하면서 유명해

진 곡이다.

우리나라에서는 결혼식 축가로도 많이 불리는 노래라니, 가사를 건네줘서 내용을 음미하도록 하는 것도 좋은 방법이다.

축음기phonograph

원통 스피커에서 음악이 나오는 축음기의 발명자로 우리는 미국의 에디슨을 기억한다. 하지만 축음기를 맨 처음 생각해 낸 사람은 프랑스의 스코트였다. 그는 메가폰 바닥에 얇은 막을 붙이고 여기에 털과 종이를 활용하여 소리의 파장을 기록했다. 이 위대한 발명품을 프랑스 사람은 쓸모없는 거라고 치부했고, 미국의 에디슨은 제대로 된 소리를 내는 포노그래프로 창조했다.

당신을 만나기 전에

당신을 만나기 전에는
사람을 만나는 것이
이리도 크나큰 기쁨인 줄은
정말 몰랐습니다.
거리낌 없는 대화와 부담 없는 말투,
완전한 믿음과 용기 있는 경험을 할 줄은
정말 몰랐습니다.
나를 바침으로써 더 많은 것을 받을 줄은
정말 몰랐습니다.
사랑한다는 말을 할 줄은,
당신에게 그 말을 할 줄은
정말 몰랐습니다.
그 한마디 말이
이토록 가슴속 깊이 아련히 울릴 줄은
정말 나는 몰랐습니다.

_ 파울라

37 그 사람에게 필요한 정보 대신 찾아 정리해 주기

그 사람은 언제나 바쁘다.
그 사람이 무슨 일로 바쁜지 모르겠다면
그에게 필요한 정보를 찾아 주는 센스를 발휘해 보자.
그 사람의 취미는 이상하다.
왜 그 사람이 그것을 좋아하는지 모르겠다면
그에게 필요한 정보를 찾아 주는 정성을 쏟아 보자.
그가 하는 일이 무엇인지,
왜 그것을 좋아하는지를 단번에 알게 될 것이다.
이해의 문이 열리고 공감의 세계로 들어가는 순간이다.
이해가 없으면 통로가 막히고, 공감이 없으면 더 이상의 사랑도 없다.
그를 위해 정보를 찾다 보면 그를 좀 더 자세히 알게 됐다는 사실보다 놀라운 일이 생길 것이다.
다른 세계를 인정하는 오픈 마인드의 아주 쿨한 내가 되어 있을 테니까.

4

잊혀진 여자

권태로운 여자보다
더 불쌍한 사람은
슬픈 여자예요.
슬픈 여자보다
더 불쌍한 사람은
불행한 여자예요.
불행한 여자보다
더 불쌍한 사람은
버려진 여자예요.
버려진 여자보다
더 불쌍한 사람은
떠도는 여자예요.
떠도는 여자보다
더 불쌍한 사람은
쫓겨난 여자예요.
쫓겨난 여자보다
더 불쌍한 사람은

죽은 여자예요.
죽은 여자보다
더 불쌍한 사람은
잊혀진 여자예요.

_ 로랑생

38 말쑥하게 정장 차려입고 음악회 가기

특별히 관심이 있지 않는 한,

클래식 음악회를 극장에서 자주 관람하지는 않을 것이다.

특히 이런 자리에는 드레스 코드가 있어서

꽤나 신경 써서 정장을 갖춰 입어야 하는 번거로움도 있다.

물론 티켓 가격도 만만치 않다.

그렇다고는 해도 한 번쯤은 클래식 음악을 극장에서 정식으로 접해 보아야 한다.

평소 즐겨 듣던 대중음악과도 다르고,

가끔 CD나 MP3로 듣던 클래식 음악과는 전혀 다른 차원의 경험을 하게 된다.

극장 전체를 울리는 웅장함과 악기 하나하나의 섬세함,

지휘자와 연주자를 눈으로 보는 현장감은 직접 가서 느끼지 않으면 모른다.

평소 잘 보지 못했던 서로의 정장 차림은
일상을 살짝 벗어난 듯한 기분 좋은 일탈감도 준다.
세련되고 멋지게 차려입은 그 사람의 새로운 모습에
설레는 자신에게 너무 당황하지는 말 것!

사랑은 우리만의 역사

사랑엔 시간이 필요해요.
마음을 주고받으며 울고 웃는
역사가 필요해서
애정을 가지고 적극적으로
귀 기울여 주는 마음이 중요하답니다.
그 사람의 행복과 안녕과
편안한 울타리를 위해서라면
무엇이든 받아들이고 행동해야 하죠.
그래서 때로 사랑은 아픕니다.
의견 충돌과 괴로움의 뿌리가 뻗어 감을
깨닫고 받아들이는 게 사랑이겠죠.
서로 멀어져 서먹할 때도 있으나
사랑은 약속입니다.
그 사람을 믿고 모든 것을
견뎌 내겠단 약속 말이죠.

_ 업햄

39 밸런타인데이, 사랑을 위해 노력하겠다는 손 편지 쓰기

현대인이라면 워드 타이핑 속도가 1분에 100타, 200타에
육박할 것이다.
나보다 빨리 일을 처리할 수 있는 인간 있으면 나오라고
당당하게 선포하듯
미친 듯이 자판을 두들기는 사람이 바로 당신이다.
그런 어느 날 그가 연필로 꾹꾹 눌러쓴 편지를 보냈다.
초등학교 때 침을 묻혀 가며 쓰던 연필 말고는
잡아 본 적 없는 당신에게 잔잔한 충격을 준다.
마음속에서는 무언가 스멀스멀 올라와 온몸을 따뜻하게
데워 준다.
이제 편지를 읽는다.
그의 마음이 온전히 전해져 저절로 미소가 번진다.
"내가 노력할게! 사랑해!"
사랑을 하려면 이들처럼!

연필pencil

연필은 흑연이 발견된 1564년 직후에 영국에서 발명되었고, 1795년에 프랑스의 콩테에 의해 오늘날 모습을 갖게 되었다. 조그마한 나뭇조각 속에 흑연 심을 넣어 만든 연필의 가장 큰 미덕은 지워지는 것이다. 썼다 읽고, 지우고 다시 쓰고……. 연필이 아니었다면 종이를 통째로 버려야 한다. 마음을 통째로 버리지 않고 지웠다 다시 쓸 수 있는 연필이 좋다.

편지

당신이 보내 주신 편지를
나는 그다지 마음에 두지 않아요.
당신은 쓰셨지요.
'나는 이제 당신을 사랑하지 않는다'라고요.
하지만 그 편지는 너무나 길었습니다.

열두 페이지가 넘게
정성스럽고 깔끔하게 쓴 글.
정말 당신이 나에게 싫증이 나셨다면
이토록 섬세하게 쓸 리가 없겠지요.

_ 하이네

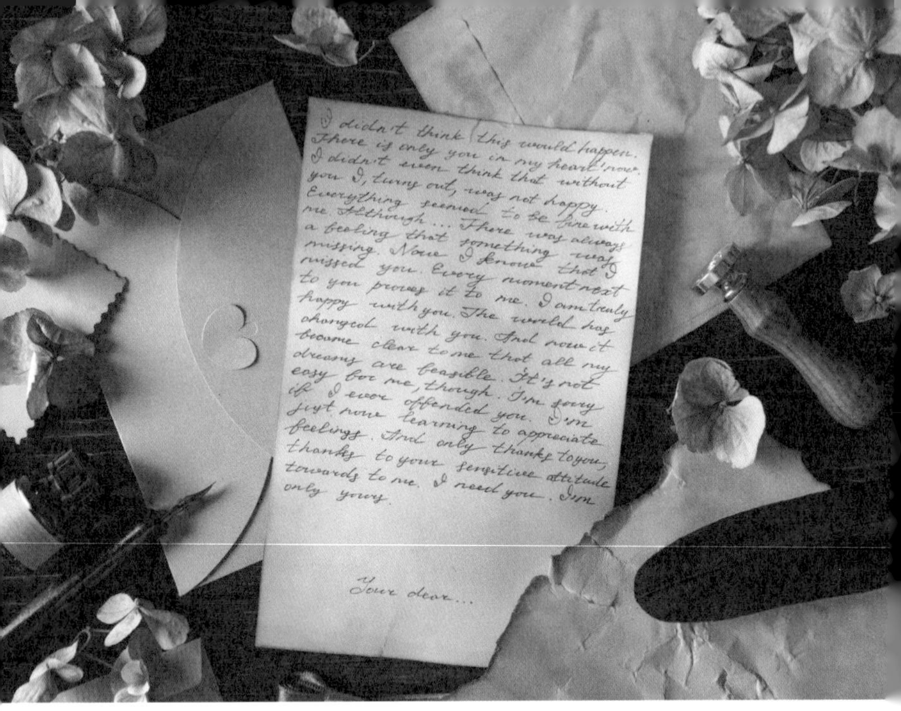
I didn't think this would happen.
There is only you in my heart now.
I didn't even think that without
you I, turns out, was not happy.
Everything seemed to be fine with
me. Although... There was always
a feeling that something was
missing. Now I know that I
missed you. Every moment next
to you proves it to me. I am truly
happy with you. The world has
changed with you. And now it
become clear to me that all my
dreams are feasible. It's not
easy for me, though. I'm sorry
if I ever offended you. I'm
just now learning to appreciate
feelings. And only thanks to you,
thanks to your sensitive attitude
towards to me. I need you. I'm
only yours.
Your dear...

40 비 오는 날, 한 우산 아래에서 산책하기

오늘의 일기예보는 오후부터 비.
그를 만나러 나가며 우산을 챙기다 가만히 내려놓는다.
예쁜 카페에 들러 커피를 한 잔 마시고 나오니 예보대로 비가 떨어지기 시작한다.
슬쩍 그가 펼친 우산 속으로 들어가 팔짱을 낀다.
우산 위로 토도독 떨어지는 빗소리를 들으며 그와 함께 길을 걷는다.
조금씩 어두워지며 가로등이 켜지고,
저마다 개성 강한 가게들의 창문에서도 불빛이 퍼져 나온다.
사랑은 한 우산 아래에서 함께 길을 걷는 것.
한 쪽 어깨가 젖어도
그와 함께하는 이 산책길이 끝없이 이어졌으면 좋겠다.

41 크리스마스, 귀에 대고 사랑 속삭이기

메리 크리스마스!

전 세계적으로 이 인사만큼 설레고 즐거운 인사가 있을까?

비록 예수를 믿지 않아도 크리스마스는 연인들의 기대가 한껏 부풀어 오르는 날이다.

밸런타인데이, 화이트데이, 빼빼로데이 같은 온갖 기념일을 모두 합친 정도라고 할까.

그만큼 연인들은 이날을 얼마나 의미 있고 즐겁게 보내야 할지 고민하기 바쁘다.

선물을 고르고, 맛있고 멋진 레스토랑을 예약하고, 이벤트도 준비하고…….

자칫 이날을 소홀히 넘겼다간 가뜩이나

추운 겨울이 더욱 추워지는 사태가 벌어지니 방심은 금물이다.

한 가지 명심하자.
멋진 선물, 맛있는 레스토랑, 감동적인 이벤트 등
여러 가지 준비 중에 하나쯤은 빠져도 이것만은 빼먹어서는 안 된다.
그 사람을 얼마나 사랑하는지, 나의 진심을 담아 밝히는 것.
이런 말은 조용히 속삭이듯 해야 효과적이다.
그 사람의 귀에 살짝 손을 대고 속삭여 보자.
"사랑해……."

너의 그 말 한마디에

너의 해맑은 눈을 들여다보면
나의 온갖 고뇌가 사라져 버린다.
너의 고운 입술에 입 맞추면
나의 정신이 말끔히 되살아난다.
따스한 너의 가슴에 몸을 기대면
마치 천국에 온 것 같은 기분.
"당신을 사랑해요."
너의 그 말 한마디에
한없이 한없이
눈물이 흘러내린다.

_ 하이네

42 좋은 음악 선별해서 앨범 선물하기

우리는 의외로 시간이 없다.
차를 마실 시간이 없고,
책을 읽을 시간이 없고,
음악을 들을 시간이 없다.
마음이 없고, 기회가 없기 때문이다.
나도 그렇지만 그도 별로 다르지 않은 것 같다.
그렇다면 그에게 마음과 기회를 주어 보자.
내가 고른 책과 음악에는 고스란히 내 마음이 담겨 있다.
내가 직접 선물한 것이니 보고 듣는 기회로는 과분하지 않은가.
특히 음악 앨범 선물을 한다면 특별한 정성을 들이자.
먼저 그 사람을 위해 음악을 고른다.
슬플 때, 외로울 때, 감상에 빠질 때
어울리는 음악을 골라서 뮤직 앨범에 넣어 선물하는 것이다.

예쁜 바구니에 꽃을 담듯 알뜰하게 담아 주자.
꽃송이 하나를 뺄 때처럼 한 곡 한 곡 어여쁘지 않은 곡이 없을 것이다.

나를 생각하세요

창문 앞 나팔꽃 넝쿨이 흔들림을 보고
지나가는 바람이 한숨짓는다 의심하실 양이면
그 푸른 잎사귀 뒤에 내가 숨어서
한숨짓는다 생각하세요.

그대 등 뒤에서 나직이 무슨 소리가 들리고
멀리서 누군가 부른다고 여겨 돌아보실 양이면
쫓아오는 그림자 속에 내가 있어
그대를 부르는 걸로 생각하세요.

한밤중에 이상하게도 그대 가슴이 설레고
입술에 불타는 입김을 느끼시거든
눈에 보이지는 않아도 그대 바로 곁에
내 입김이 서린다고 생각하세요.

_ 베케르

43 첫눈 오는 날, 둘만의 언약식 하기

주요 기상 현상에는 관측 기준이 있다.

서울의 첫얼음은 종로구 송월동 서울기상관측소의 관측 지점에

놓인 금속제 용기의 물이 얼었을 때다.

한강 결빙은 한강대교 2~4번 교각 아래에서 상류 100m 지점의 강물이 얼었을 때다.

여의도 벚꽃 개화는 국회 북문 건너편 118~120번 벚나무에 3송이 이상 꽃이 피었을 때다.

그렇다면 서울의 첫눈은?

바로 서울기상관측소의 관측자가 직접 눈을 목격했을 때를 기준으로 한다.

이곳 외의 서울 다른 지역에 내린 눈은 억울해도 첫눈으로 인정받지 못한다.

첫눈에 대한 속설에는 무엇이 있을까?

‘봉숭아물이 손톱에 남아 있을 때 첫눈이 내리면 첫사랑이 이루어진다’
‘첫눈 올 때 만난 연인은 영원하다’
‘첫눈을 세 번 먹으면 감기에 걸리지 않는다’
첫눈에 대한 사람들의 낭만이 엿보이는 속설들이다.
첫눈이 오는 날 둘만의 언약식을 가져 보자.
첫눈에 얽힌 여러 속설들을 믿거나 말거나
첫눈은 분명히 우리의 사랑을 깊게 만든다.
굳이 기상청의 첫눈 발표를 기다릴 필요는 없다.
둘이 같이 처음으로 보는 눈이 연인에게는 첫눈이다.

149-18

커플링couple ring

커플링이 시작된 건 의외로 꽤 오래되었다. 고대 이집트 시대에도 커플링을 사용했는데, 이때에는 조개껍데기나 돌, 자수정으로 커플링을 만들었다고 한다. 커플링은 15~16세기부터 남녀들 사이에 크게 유행하는 장식물이 되었다. 약혼을 의미하는 커플링은 왼쪽 손가락에 끼는데, 고대 이집트의 왕비나 후궁이 왕의 성은을 입기 위해서 왼쪽 손가락에 꼈다는 것이 그 기원이다. 이는 '나는 당신과의 잠자리가 준비되었다'는 의미였다고 한다. 왕과의 잠자리를 마친 후에는 다시 오른쪽 손가락으로 옮겼다.

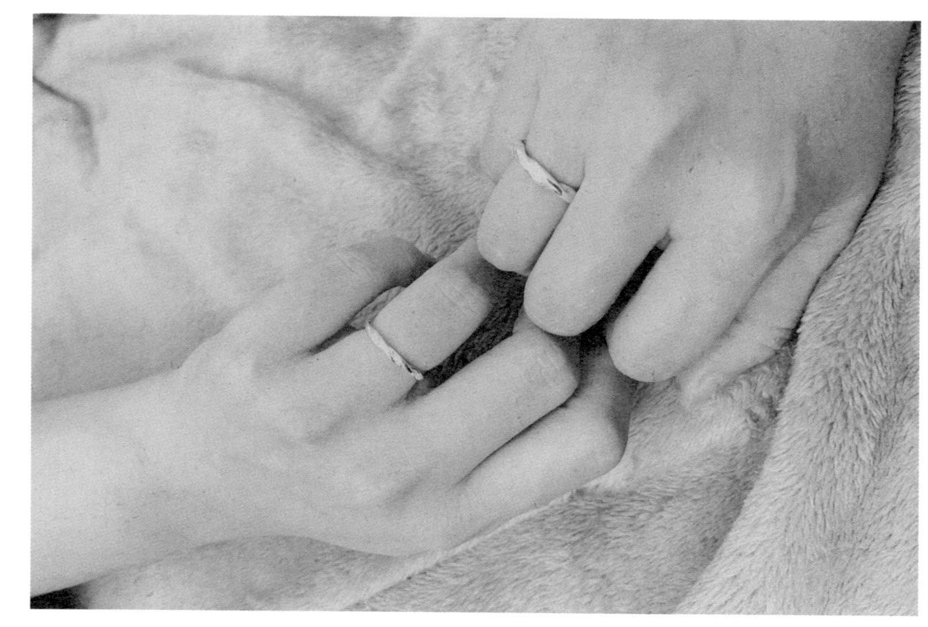

성냥개비 사랑

고요한 어둠이 내리는 저녁,
성냥개비 세 개에
하나씩 차례로
불붙여 보노라.

하나는
당신의 얼굴을 비추기 위해,
다른 하나는
당신의 눈을 마주 보기 위해,
마지막 하나는
당신의 입술을…….

그 다음에는
어둠 속에 싸여
당신을 포옹하면서
이 세상 모든 것들을 생각한다.

_ 프레베르

44 헤어지더라도 좋은 추억으로 간직하기

그 사람과 헤어졌다.

그동안의 많은 추억들이 밀려왔다 밀려간다.

어디인지 모를 가슴 한구석이 아프다.

일을 하다가도 갑자기 눈물이 흐른다.

그와 함께 걷던 거리, 함께 듣던 음악, 함께한 모든 것들…….

하지만 하늘과 땅은 그 자리에 그대로 있다.

주변 사람들은 내게 무슨 일이 있었는지 모른다.

세상은 아무런 문제없이 잘 돌아간다.

도대체 내게 무슨 일이 일어난 것일까?

명료하다.

한 여자를, 한 남자를 만났다 헤어졌다.

아주 많이 사랑했고.

가슴이 아프면 아픈 대로 두자.

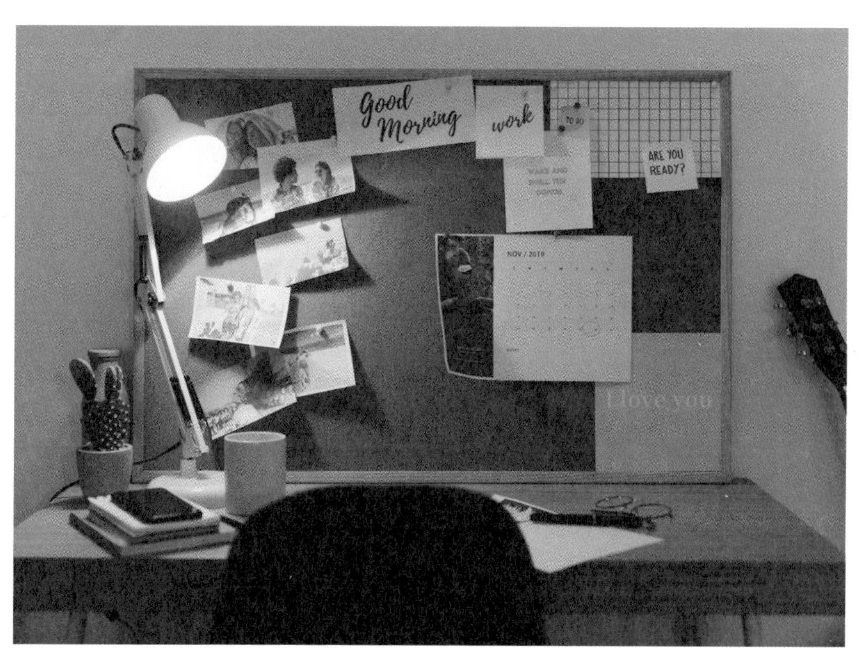

잊기 위해 애쓰지 말자.
도움이 될 수 있는 일이 별로 없다.
이제 그와 함께한 일들은 좋은 기억으로 남기자.
진정으로 그 사람을 사랑했다면
비록 내 곁을 떠나더라도 행복을 빌어 줄 수 있는 법이다.

진정 사랑한다는 것은

진정 사랑한다는 것은
이별을 눈물로 대신하는 것이
절대 아닙니다.
곁에 있던 사람이
먼 길을 떠나는 순간,
사랑의 가능성이
모두 사라진다 할지라도
그대 가슴속에 남겨진 사랑을 간직하면서
사랑하는 마음을 버리지 않는 것이
진정으로 사랑한다는 것입니다.

_ 쉴러

45 둘만의 추억, 타임캡슐 만들기

첫 만남,

첫 편지(메일),

첫 영화,

첫 선물,

첫 이벤트,

첫 키스,

첫 여행…….

사랑은 추억을 만드는 과정이다.

그렇다면 그와 함께 만든 애틋한 추억들은 어떻게 보관해야 좋을까?

우선 나중에 보기만 해도 절로 미소 지을 만한 물건들을 버리지 않는다.

사진은 물론이고, 편지(메일), 티켓, 선물 카드, 이벤트에 사용한 물품, 열차표 등

그와 함께 보낸 시간과 공간이 얽힌 모든 것들을 모아 보자.

Love You

지금은 사소하고 보잘것없어 보여도 훗날 둘만의 추억을 불러내기에는 그만한 것이 없다.
어느 정도 모이면 타임캡슐을 만들어 보는 것은 어떨까?
5년이든, 10년이든 언제 다시 열지를 정하고,
그에게 보내는 가상 편지도 쓴다.
그 다음에는 스티커를 붙여 타임캡슐 제작일자와 서로의 사인을 한 뒤 다른 사람의 눈에 띄지 않는 곳에 보관하면 된다.
이제 약속한 날짜가 되어 그와 함께 타임캡슐을 개봉할 때를 상상해 보라.
어딘가 간지러운 듯하면서도 묘한 설렘을 느낄 것이다.

미라보 다리

미라보 다리 아래 센강은 흐르고
우리의 사랑도 흐른다
마음속 깊이깊이 아로새길까
기쁨 앞엔 언제나 괴로움이 있음을

밤이여 오너라, 종아 울려라
세월은 가고 나만 머문다

손에 손을 잡고 얼굴 마주하며
우리의 팔 밑 다리 아래로
영원의 눈길 지친 물살이
천천히 하염없이 흐른다

밤이여 오너라, 종아 울려라
세월은 가고 나만 머문다

사랑이 흘러 센강물처럼
우리네 사랑도 흘러만 간다
어찌 삶이란 이다지도 지루하더냐
희망이란 또 왜 이리도 격렬하더냐
밤이여 오너라, 종아 울려라
세월은 가고 나만 머문다

햇빛도 흐르고 달빛도 흐르고
오는 세월도 흘러만 가니

우리의 사랑은 가서 오지 않고
미라보 다리 아래 센강만 흐른다

밤이여 오너라, 종아 울려라
세월은 가고 나만 머문다

_ 아폴리네르

끝

이제 당신의 사랑이 시작됩니다.

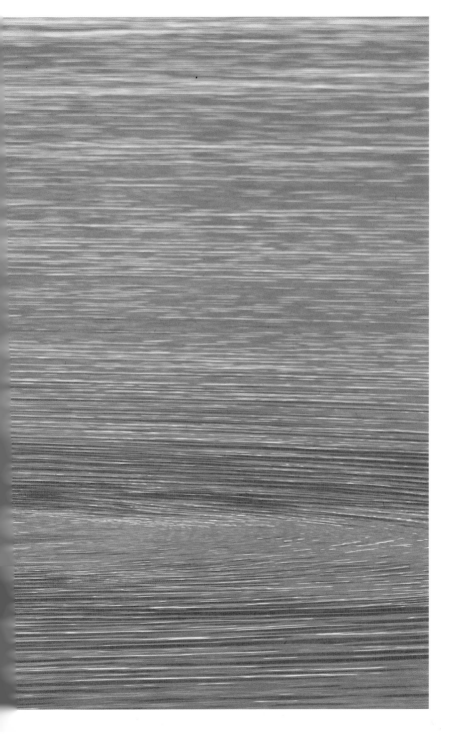

지금 이 순간, 사랑하는 이와 반드시 함께해야 할 버킷리스트 45

초판 1쇄 인쇄 2025년 1월 24일
초판 1쇄 발행 2025년 1월 31일

지은이 김민송
펴낸이 박세현
펴낸곳 서랍의 날씨

기획 편집 곽병완
디자인 김민주
마케팅 전창열
SNS 홍보 신현아

주소 (우)14557 경기도 부천시 조마루로 385번길 92 부천테크노밸리유1센터 1110호

전화 070-8821-4312 | **팩스** 02-6008-4318
이메일 fandombooks@naver.com
블로그 http://blog.naver.com/fandombooks

출판등록 2009년 7월 9일(제386-251002009000081호)

ISBN 979-11-6169-335-4 03810

서랍의날씨는 팬덤북스의 가정/육아, 문학/에세이 브랜드입니다.